SHY NOVELS

共鳴発情
オメガバース

岩本 薫

イラスト 蓮川 愛

CONTENTS

共鳴発情　オメガバース　007
あとがき　300

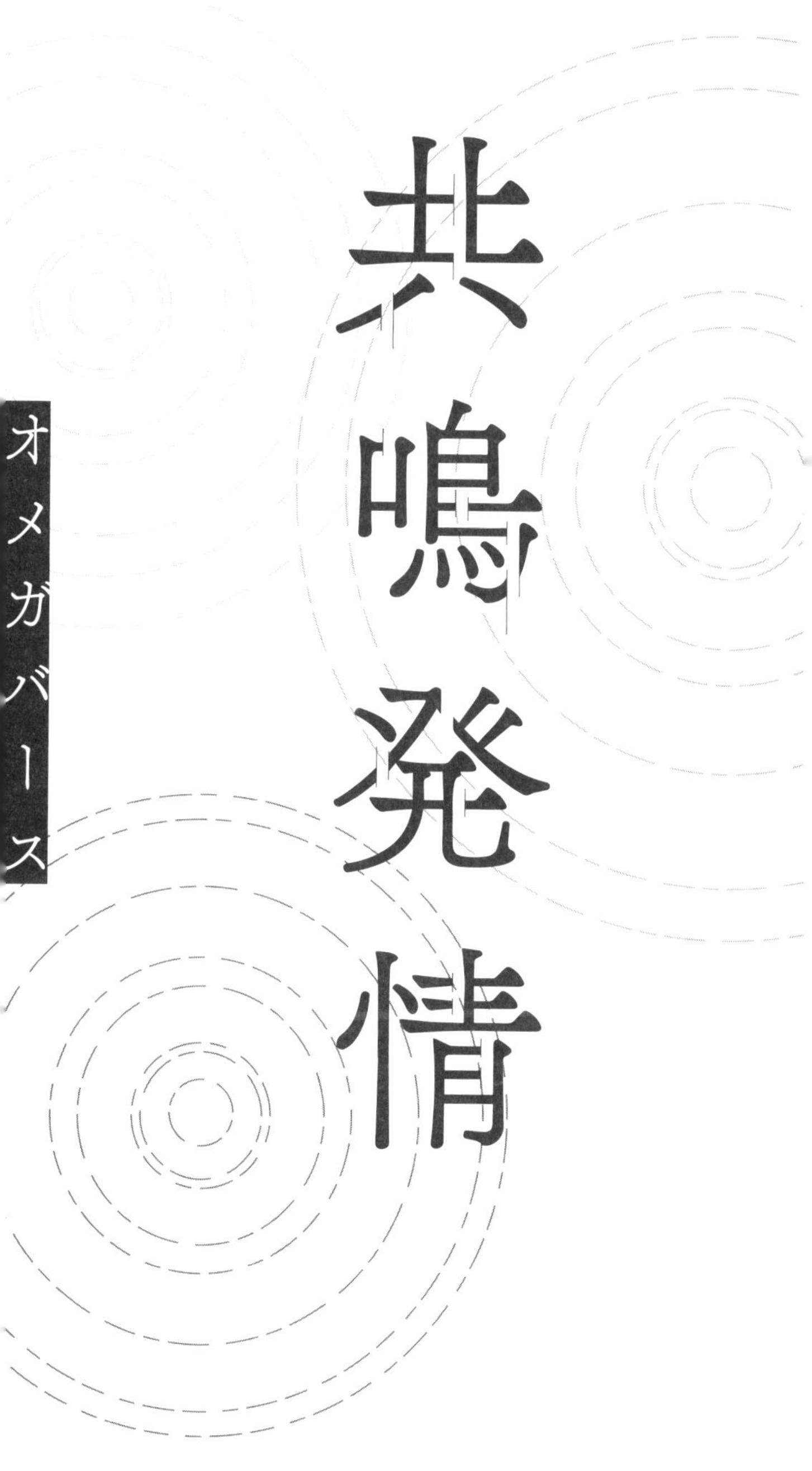

共鳴発情

オメガバース

Prologue

首都セントラルシティ——ダウンタウン東地区——午前零時二十五分。

夜が深まっても、いかがわしくも煌びやかな街の活気は、いっこうに衰える気配はなかった。

墨色の空を照らしてギラギラと輝く原色のネオン。薄汚れた年代物の雑居ビル。ゴミが散乱したアスファルト。

店頭から漏れ聞こえてくる空騒ぎの声。酔客を狙う、ぼったくりバーの呼び込み。見るからに目つきと行動の怪しいヤクの売人。女郎蜘蛛よろしく、裏路地で客を待ち伏せるベテランのコールガール。

　表通りは車がひっきりなしに行き交い、歩道に収まりきれないほど人が溢れ、猥雑な喧噪に塗れている。かと思えば一本奥まった路地裏は、ひっそりと人気がなく、得体の知れない闇が横たわっていた。

　光と影が背中合わせの繁華街を、モッズコートのフードを目深に被り、人の流れに身を任せて漂う。

　雑踏に紛れ、できるだけ気配を消して、聴覚に神経を集中させた。ほどなく、多種多様な老若男女の声が耳に流れ込み始める。

「くそ、ぼったくりめ！　なにが三千ポッキリだ。ふざけやがって！　警察に訴えてやる！」

「ねえねえねえ、きみさー、モデルとか女優の仕事に興味ない？　目の前を通りすぎるのを見てびびっと来ちゃったんだよね。あ、怪しい勧誘とかじゃないよ。ほんとほんと！」

「さっきネットニュースに上がってたけど、首藤家の三男と女優の安藤美月、かなり前に破局してたらしいじゃん」

「首藤家ってアルファの超名門でしょ？　どっちがフッたの？」

「そりゃ首藤のほうでしょ。安藤美月きれいだけどさー、うまくいきっこないよ。そもそもカーストが違うし……」

「それでね、ダンス教室のお友達の話なんだけど、彼女の息子さんが上司にパワハラされてウツになっちゃって、休職したの。それっきり部屋に閉じ籠もって出てこないらしいのよ。一流企業に勤めるエリートっていったって、ああなっちゃったら悲惨よね。どうやら母親に暴力もふるうみたいで」

「えー、それ、家庭内ＤＶじゃない！」

「平気平気、なんにもしないって。ちょっと休んでいくだけだって。カラオケもゲームもあるし、なんなら飲み食いもできるし。ぜったい楽しいって、マジマジ！　行こーよ。ね？　ね？」

「この痣ひどくない？　ほかの男と飲みに行ったのバレて彼氏に殴られたんだけど、こんなんじゃ店に出られないよ。アタシが稼がなかったら困るのはアンタでしょって。ヒモのくせに」

「あそこのVRヤバいぜ！　銃ぶっ放すときの反動とかさー、リアル感ハンパねーの。マジやべーって感じ！　おまえらもやみつきになるって！」

ぼったくられて罵声を吐く中年男、いかがわしいスカウター、会社帰りらしき三十代の女の二人組、母と娘と思しき二人連れ、ナンパした若い女を必死にくどく男、二十歳そこそこの化粧の濃い女と同年代のやはりケバい女、十代の若者のグループ。――たった数分のあいだに耳に注ぎ込まれた街の声を拾い上げるだけで、ざっくりと世の流れを摑むことができる。

週に数度こうして夜の街を「巡回」するのが、いつの頃からか習慣になっていた。誰に命じられたわけでも、ノルマを課せられたわけでもない。あくまで自主的な行動だ。

「アマネ」

人の波間にたゆたいながら、ノイズの海にどっぷり浸かっていると、掠れた声で名前を呼ばれる。声の方角を顧みて、狭い路地裏の角に、黒ずくめの小柄なシルエットを認めた。

「クロウ」

人が絶え間なく往き来するメインストリートからドロップアウトした天音は、小柄なシルエットに歩み寄る。天音が近づいてきたのを見計らうように、クロウがすっと路地のなかに吸い込まれていった。消えたクロウを追って、薄暗い路地裏に足を踏み入れる。

天音が追いついたとき、クロウは路地の中程に佇み、ビルの壁に背中を預けていた。だぼっとしたオーバーサイズの黒のセットアップに身を包み、大ぶりの黒縁の眼鏡で顔の上半分を覆い隠しているため、造作はよくわからないが、まだ若いことは確かだ。

「なにか動きはあったか？」

天音の問いかけに、クロウはややハスキーな声で「特に大きな動きはない」と答えた。

「いくつか小競り合いはあったけど、おおむね通常運転」

おそらく成人年齢には達していないクロウだが、アンダーグラウンドの事情に通じており、その情報を売ることで生計を立てている。かくゆう天音も、クロウを情報屋として雇っている一人だ。ネタの正確さと、顧客の情報を外に漏らさない口の固さを買っている。

「スラムの勢力分布図に目立った異変なし」

ダウンタウンの一角を占める〝スラム〟は、貧困層の居住区であり、アウトローたちが跋扈する危険エリアだ。ドラッグの密売、銃の売買、強盗、強請たかり、殺人など、ありとあらゆる違法行為が日常的に横行しており、アウトローグループによる熾烈な縄張り争いも頻発している。巻き込まれるリスクを恐れて、まともな一般人はまず近寄らない。国にもなかば放置されており、警察の手も及ばない治外法権地帯だ。

「花街は？」

「相変わらずだ」

こちらもダウンタウンの一角に位置し、スラムに隣接する通称〝花街〟には、大小さまざまな娼館が立ち並ぶ。各娼館は専属のセックスワーカーたちを雇い、日が落ちた頃から明け方まで不夜城と化す。ここもある意味、治外法権地帯だ。

「毎晩毎晩飽きもせず、お偉いさんがお忍びで通ってくるのも変わらず。黒塗りの車で娼館に乗りつけ、運転手を待たせ、お気に入りのオメガと数時間を過ごす。政治家や官僚、大企業の上層部――金と権力を手にしたエリートたちが、次に欲しがるのはオメガの愛人。どいつもこいつも判で押したみたいに同じコースを辿る。もはやお約束といっていいパターンだな」

淡々と冷めた声で語って、クロウが肩を竦めた。

「…………」

この世界には男女の性差とは別に、三種類（カテゴリー）の人間が存在する――。

人口の約五パーセントを占めるアルファは、男女共に優性遺伝子を持つ支配者カテゴリーであり、それゆえ生来の特権を多数持つ。アルファの社会ではなによりも血筋と家の格が重んじられ、アルファのなかにも厳然たるヒエラルキーが存在する。

次に、世のマジョリティであり、人口の九十四パーセントを占めるベータ。いわゆる一般市民カテゴリー。ベータのなかにも努力と精進の結果、医師や弁護士、官僚などの職に就くエリートもいるが、生まれながらの特権階級であるアルファとは一線を画する。

残りの一パーセントの稀少カテゴリーがオメガだ。オメガには、ほかのカテゴリーにはない特徴がある。

第一に、男女の性差を問わずに子宮を有しており、妊娠して子供が産めること。
第二の特徴は、オメガ特有の発情期(ヒート)だ。

オメガには、十代の後半から始まる、一ヶ月ごとのヒートがある。一週間ほど続くこの時期、オメガは性フェロモンの放出を、投薬によって強制的に抑えることが義務づけられている。抑制薬(ピル)を飲まないと、あたりかまわず大量の性フェロモンを垂れ流して、意図せずベータやアルファを誘惑してしまうからだ。過去にレイプ犯罪や、ヒート中のオメガをめぐっての事件が多発したため、ピルが開発され、常用的な服用がオメガの義務とされた。

どの人間も、生まれた直後に血液検査を受け、三つのカテゴリーに選別される。

検査によって判別したカテゴリーを国に届け出ると、アルファならばα(アルファ)から始まる七桁の番号、ベータならばβ(ベータ)から始まる九桁の番号、オメガならばΩ(オメガ)から始まる七桁の国民番号を割り当てられ、以降はその国民番号によって、国民管理局に一元管理されることになる。

国民番号は、生活全般に関わってくる重要なパーソナルナンバーだ。国民番号がなければ、学校に通うことも、就職することも、結婚することも、出産することもできない。つまり、ごく普通の市民生活を営めない、ということになる。とりわけオメガにとっては死活問題だ。国民番号なしには病院にかかれず、ピルが処方されないからだ。

そんな命綱ともいえる国民番号だが、稀に持たない人間も存在する。親が病院外で出産し、そのまま血液検査を受けなかったケースだ。

国民番号を持たない〝野良〟の確率は、アルファに於(お)いてはゼロ、ベータはごく少数、オメガが圧倒的に多いと言われている。

管理システムから零れた落とし子——野良オメガは、ピルを利用できず、一般的な職に就けないことから、セックスワーカーとして花街の娼館に従事している者がほとんどだ。

この花街の是非については、売春行為を公然と行っていることに批判の声も多いが、政府は「必要悪」として見て見ぬ振りをしている。オメガは美しい容姿を持つ者が多く、性的な魅力にも満ちているので、愛人として囲っている政府の要人が多いためだ。ゆえに花街と、そこで働く娼婦および男娼は、アンタッチャブル案件となっているのだ。

「今週はいずこも平穏だったたってことか」

「そういうことだね。嵐の前の静けさ……じゃないといいけど」

「わかった。引き続き定期報告を頼む」

クロウに情報の対価である紙幣を握らせ、ぽんと肩を叩いた天音は、フードを深く被り直した。クロウの横を擦り抜けて、路地裏のさらに奥へと踏み込んでいく。迷いのない足取りで、迷路のように張り巡らされた路地の角を何度か曲がった末に、とある場所で足を止めた。

廃墟と見まがう雑居ビルの入り口の前だ。さすがにここまで来ると、表通りの喧噪も届かない。聞こえるのは、ビルの上層階の部屋から漏れる麻雀牌(マージャンパイ)をじゃらじゃらと掻き混ぜる音や、やはり誰かの部屋から漏れてくる、テレビの空虚な笑い声——。それらに混ざって、足元の紙ゴミが夜風に吹かれてカサカサと音を立てる。五月とはいえ、まだ夜の風は冷たい。どこかで野良猫が、ナーと鳴いた。

　左右を確認し、誰もいないのを確かめてから、ビルの狭い階段を使って地下へと下り始める。落書きだらけで、あちこちひびが入ったコンクリートの階段を下りた先には、裸電球にぼんやり照らされた、薄暗い廊下が続いていた。右手に鉄製のドアが等間隔で並んでいる。廊下を歩き出した天音は、三つ目のドアの前で足を止める。表札も出ていないドアだ。

　錆びついたドアをノックする。しばらく待たされたのち、小さなまるいドアスコープから、誰かがこちらを窺う気配を感じた。直後、ガチャリと鍵が回る音が響き、ドアが内側から開く。

　ギィーと軋みながら開いたドアの向こうに、白髪頭に白い顎鬚を蓄えた老人が立っていた。スタンドカラーのシャツと、共布の下衣を身につけ、足は雪駄。下衣の裾から覗く脹ら脛は、血管が浮き出て鶏ガラのごとく細い。老眼鏡の奥の落ち窪んだ目が、天音をじろっと睨んだ。

「入れ」

　嗄れた声で促すなり、背中を向けて奥に引っ込んでいく老人のあとを追う。古びたキッチンの横を通り抜け、ごちゃごちゃと物が溢れ返った部屋に足を踏み入れた。向かって右の壁際に簡易ベッド、正面の壁にガラスが嵌まったキャビネット、左壁面に机と椅子が据え置かれている。床には空のペットボトルや空き缶、空瓶が無造作に転がされており、机の上も物や紙が散乱していて天板が見えなかった。

「今日はなんの用だ？」

椅子に腰を下ろした老人が、ぶっきらぼうに尋ねてくる。

「ヤクが切れた」

天音が簡潔に答えると、老人が口のなかでぶつぶつと何事かをつぶやいた。

「聞こえないぞ」

「最近は取り締まりが厳しくてな。手に入れるのも一苦労なんだよ」

「だから？」

「色をつけろ」

がめつい老人の要望に、天音はちっと舌打ちをし、低い声で「おい」と凄んだ。

「闇医者稼業を見逃してやってるのを忘れるなよ？　あんたの医師免許はとっくの昔に剝奪されてるんだからな」

「おまえさんは、その闇医者を頼らなきゃならない身の上だろ？」

ずり落ちた眼鏡をしなびた指で持ち上げて、老医師が上目遣いに見上げてくる。十秒ほど、落ち窪んだ眼窩の奥のずるがしこそうな目を睨みつけてから、天音はおもむろにモッズコートのポケットに手を突っ込んだ。

取り出したウォレットから紙幣を引き抜き、老医師の膝の上に乱暴に投げつける。ばらばらと床に散らばった紙幣を、老医師があわてて拾い集めた。かすかに震える手で、掻き集めた紙幣を数える老医師に、天音は苛立った催促の声を落とす。

「早く寄越せ」

満足のいく額だったのか、歯の欠けた口でにんまりと笑い、老医師が立ち上がった。キャビネットに歩み寄り、たくさん並んでいる紙の箱から、一つの箱を選んで手に取る。箱の蓋(ふた)を開けて、なかから銀色の錠剤シートの束を取り出した。

「ほら、三ヶ月分だ」

老医師が差し出してきたシートの束を引ったくるように奪い取り、ポケットに突っ込む。もう用はないとばかりにただちに踵(きびす)を返したが、玄関のドアの前で振り返った。

「酒は大概にしておけ」

忠告を口にして、机の上に置かれている、半分ほどになった蒸留酒の瓶を顎でしゃくる。

「ほう……心配してくれるのか」

「まさか。あんたがくたばったら、こっちも困るからだよ」

低く捨て置くと、天音は老医師の診療所兼住居を出た。

「……アル中の強欲ジジイめ」

閉めたドアに悪態をつき、両手をコートのポケットに突っ込んで、さっき来た廊下を引き返す。

歩きながら右のポケットから煙草(たばこ)のパッケージを取り出し、唇に一本咥(くわ)えた。

ライターを探そうとして、もう一度ポケットに突っ込んだ右手が、つい先程手に入れたばかりの錠剤に触れる。ＰＴＰシートの厚みに、細い安堵の息が漏れた。

ボラれたのは忌々しいが、これで三ヶ月はもつ……。

階段の前で足を止め、ポケットからライターを取り出して、煙草の先にカチッと火を点けた。煙を肺の奥深くまで吸い込み、ふーっと吐き出す。唇から引き抜いた煙草を親指と人差し指で摘むようにして持ち、天音は黒ずんだコンクリートの階段をゆっくりと上がり始めた。


首都セントラルシティ――ダウンタウン東地区（ブロック）――午前八時三十分。

「本浄（ほんじょう）と新人を⁉︎」

朝からつい大声が出てしまった。目の前にいるのは、職場のトップである署長。とはいえ、こればかりは、上司の命令だからといってすんなり呑むことはできない。

「無茶です。あいつが誰とも組まないのはご存知でしょう？　すぐに潰されちまいますよ」

鬼塚（おにづか）の反論にも動じず、デスクの上で手を組んだ署長は、「いいから組ませろ」と再度命じた。

「本浄は検挙率だけは高いからな」

「それはそうですが……」

「課のエースの仕事ぶりを間近で見るのは、新人にとっていい経験になるだろう」

もっともらしいことを口にして、署長がハイバックチェアの背凭れに、優に百キロを超す巨軀を預ける。過重量に、スプリングがギシッと抗議の声をあげた。

首都セントラルシティの一角を占めるダウンタウン地区は、東西南北の四つのエリアに分かれている。そのなかでも、セントラルシティ最大の繁華街、貧民街であるスラム、花街を内包する東エリアを担当する警察署が、ここダウンタウン東署——通称D東署だ。全国でも、年間に扱う犯罪件数がもっとも多い所轄として知られている。

叩き上げの刑事であった鬼塚が、五十手前でD東署の刑事課課長となって五年の年月が過ぎた。

刑事課は、殺人、恐喝、強盗、誘拐、銃器や薬物などの凶悪犯罪を取り扱う部署だ。

スラムを有し、凶悪犯罪には事欠かない場所柄ゆえに、刑事課の刑事たちは日夜所轄内を走り回っている。そのため、激務に耐えかねて辞めていく者、怪我や精神的な疾患で長期の戦線離脱を余儀なくされる者が一定数出てくる。

都度欠員は補充されるが、それでも常に人手不足の刑事課に、本年度は念願の新人が配属されることとなった。しかも、警察学校を首席で卒業した逸材だという。頭脳・身体能力ともに飛び抜けて優秀であったため、本来ならば三ヶ月必要な制服での研修期間を短縮して、巡査長を拝命されたスーパールーキー。

可能性に満ちている新人は署の財産だ。

期待の新人を課を挙げて大切に育てていかなければと考えていた矢先に、理不尽な命がくだったのだ。刑事課の長としては、そう簡単に「わかりました」と請け合うことはできなかった。

「確かに多種多様な経験は積めるかもしれませんが、警察学校を出て一ヶ月研修を受けただけの新人には、いささか荷が勝ちすぎるんじゃありませんか」

「彼は非常に優秀な人材だ。あと彼に必要なのは現場での経験値だけだ」

「その経験値のハードルが、いきなり高すぎやしませんかと言っているんです」

鬼塚は、頬が重く垂れ下がった顔をまっすぐ見据える。

「……私には、署長がまるで、新人を早く辞めさせたがっているように思えるんですがね」

視線を合わせたまま、ずばり斬り込むと、署長がみるみる渋面を作った。苦虫を噛み潰したような表情で「勝手な憶測をするな！」と声を荒らげ、デスクを拳でどんっと叩く。

「…………」

動揺と焦り。威嚇行動。容疑者ならば、真っ黒なリアクションだ。

間違いない。署長は、本日配属となる新人をなるべく早く辞めさせたがっている。そしてその理由に、鬼塚はおおよその見当がついていた。

おそらくは新人の彼が持つ、特殊なバックボーンが原因だ。〝それ〟については鬼塚自身も、少々厄介だと考えていた。これまで前例がないケースだし、鬼塚自身も経験がない。

しかし彼は、過酷さで知られる警察学校での半年間を耐え抜き、あまつさえ首席で卒業した。研修もショートカットした。いずれも、生半可な心構えでは成し得ないことだ。

彼が本気ならば、同じ志を抱く者として歓迎し、成長を後押ししたい。平穏な市民生活を維持するためにも、優秀な刑事は多いに越したことはないからだ。

だが、本浄とバディを組めば、孵化（うか）する前に金の卵が潰される可能性は否めない……。

「…………」

鬼塚が黙り込んだからか、ふたたび不遜さを取り戻した署長が「これは署長命令だ」と言った。

「鬼塚、おまえは黙って従っていればいい」

わざとなのか、平素よりもさらに高圧的に言い切る署長を、黙って見返す。

警察という機構は、ピラミッド型ヒエラルキー社会の縮図だ。厳然たるカーストが存在し、上の命令に下の者が逆らうことは許されない。

つまり、ここで自分がどれだけ抗ったところで、決定は覆（くつがえ）らない。

だとしたら、ひとまずは命令に従い、後方から注意深く見守る。それが現段階では最善の道だ。

それに、意外な組み合わせによって、プラスの化学反応が起こる確率もゼロではない。多分に希望的観測だが。

「……わかりました」

ほどなくして、鬼塚は了承の意を示した。

「彼と本浄をバディとして組ませます」

満足そうに署長がうなずき、「頼んだぞ」と念を押してくる。

「はい」

　ハイバックチェアから立ち上がった署長が、樽のような腹を揺すりながら、壁際の内扉に歩み寄った。扉の向こうの続きの部屋には、ついさっきまで議題の俎上に載せられていた新人が控えているはずだ。

　内扉を開けた署長が「苅谷くん、こっちへ」と呼び、それに応えるように、カツコツカツコツと革靴が木の床を踏み鳴らす音が聞こえる。

「失礼します」

　若々しく、張りのある声が響いた。開かれた内扉から現れた青年に、鬼塚は息を呑む。

　八頭身、いや九頭身はあるだろう。今時の若者はスタイルがいいと感心することが多いが、これはレベルが違う……。

　上背は、百八十の自分が見上げるほどだから、百九十弱はある。一瞥しただけで、仕立てと布地が上等だとわかる三つ揃いのスーツに包まれた肉体は、服の上からでも質のいい筋肉が見て取れた。つくべきところにきちんとついて、絞られるべきところは固く引き締まっている。それらが見せかけの筋肉ではないことは、青年の体の使い方でわかった。歩み寄ってくる動きに一切の無駄がなかったからだ。キレがよく、しなやかで、それでいて優美。

　淀みなく歩を進めてきた青年が、鬼塚の二歩手前で足を止めた。

　近くで見ると、不思議な目の色をしている。光の加減によって青みがかって見えるグレイの瞳は、年齢以上の落ち着きと思慮深さを感じさせた。

髪は茶褐色。競馬が唯一の趣味である鬼塚は、艶やかで豊かな髪を見て、毛並みのいいサラブレッドを思い浮かべた。これはあながち的外れなたとえでもないだろう。

顔立ちは、男として非の打ちどころがないほどに整っていた。知性と意志の強さを窺わせる端整な眉。くっきりとした二重の目。鼻筋がすっと通ったノーブルな鼻梁。やや肉感的な唇。

だが、単に顔のパーツが整っている男なら、ほかにもいる。オメガの俳優やモデルなどは美形ばかりだ。

目の前の青年と、単にルックスの整った彼らとのあいだに一線を画しているのは、ただそこに立っているだけで全身から滲み出る支配者のオーラだ。長きに亘ってカーストの最上位に君臨し、人の上に立つことを生まれながらに運命づけられた——。

（これがアルファか……）

鬼塚は心のなかでひとりごちた。息子ほどの年齢の若造が放つオーラに圧倒されかけるのを、ぐっと堪える。事前に話は聞いていたが、いざ当人を前にすると、こいつはますます厄介だという実感が湧いてきた。

そうなのだ。刑事課の新人はアルファカテゴリー出身。しかも、名家揃いのアルファのなかでも五指に数えられるエリート中のエリート、首藤一族の出だ。さらに言えば本家の三男坊らしい。

そんな超がつくエリートが、なぜ、こんな場末の警察署に配属されたのか。

署長の説明によれば、青年は両親の猛反対を押し切って、警察学校に入学したようだ。

両親が反対したのもわかる。本来、犯罪事件の後処理などは、ベータがやるべき汚れ仕事だ。実際に、警察官の九十九パーセントがベータであり、もちろん鬼塚も署長も例外ではない。ちなみにオメガは発情期（ヒート）があるため、警察官になれない。

残りの一パーセントは、警察ピラミッドの頂点に立つ警視総監、副総監、警視長などのキャリア組で、そういったキャリアはことごとくアルファだ。

なので、まだキャリアとして陣頭指揮を執（と）る――というならばわかる。

しかし、青年はあくまで、いち刑事として現場で働くことにこだわったらしい。

刑事になると言い張って譲らない息子に手を焼き、渋々と許した両親だったが、本音では警察官になどなって欲しくない。そこで荒療治として、一番職務がハードな警察署に配属になるように裏から手を回した。最下層の現実を見れば嫌気が差し、早々にリタイアして、本来彼が生きるべきステージに戻ってくるだろうという目論見だ。――ここまでは、署長から聞いた話なので事実だが、ここから先は鬼塚の推測だ。

警察の上層部から、青年の両親の意向を知らされた署長は、辞職が早ければ早いほど、自分の点数になると考えた。そこで、アルファの新人を本浄と組ませるよう、課長の自分に命じた。刑事課一の暴れ馬とバディを組ませれば、世間知らずのお坊ちゃまは、這々（ほうほう）の体（てい）で逃げ出すに違いないと考えたわけだ。

（……おそらくな）

確信犯と思しき署長が、脂でテカテカ光った顔に、ついぞ見たことがないような満面の笑みを浮かべて、青年の傍らに立つ。

「この男が、きみの上司になる刑事課の課長だ」

これまた聞いたこともないような猫撫で声で、青年に鬼塚を引き合わせた。鬼塚のほうを向いた青年が、背筋をすっと伸ばす。

「本日付でダウンタウン東署に配属になりました。苅谷煌騎です」

深みのある低音で名乗ると、まっすぐな眼差しを向けてきた。自他共に認める強面上司を前にしても、臆したり、物怖じしたりする様子は微塵も見受けられない。

「刑事課課長の鬼塚だ」

「本日からお世話になります。至らない点もあるかと思いますが、ご指導のほど、なにとぞよろしくお願いいたします」

鬼塚の目を揺るぎなく見据えたまま、右手を差し出してきた。何十人と新人を迎え入れてきたが、初めてのリアクションだ。

ここで頭を下げるのではなく、対等に握手を求めてくるあたり、やはりアルファなのだと思う。言葉遣いこそ丁寧だが、アルファの本質として、他人にへりくだることができないのだろう。

だが、本人はあくまでアルファとして当然の振る舞いをしているだけであって、悪気はないのが伝わってくるので、苦笑いを浮かべながら、その手を取った。

爪の先まで完璧に手入れされたしなやかな手を、一瞬だけ握って離す。

「刑事課はうちの署内でも一番ハードな職場だ。場所柄、凶悪事件の発生率も高く、常に人手不足でもある。アルファだからといって特別扱いはしないからそのつもりで」

釘を刺す鬼塚に、正面の青年が唇の両端をわずかに上げた。

「わかっています。むしろ望むところです」

不敵な笑みで応じる青年の横で、感心しきりといった表情の署長が大きくうなずく。

「頼もしい！　さすがは首藤家の血筋だ」

持ち上げられたアルファ青年はしかし、署長を横目で一瞥するにとどめ、すぐに鬼塚に視線を戻した。ご機嫌取りには、あまり関心がないようだ。生まれてこの方、周囲に媚びへつらわれ続けて、飽き飽きしているのかもしれない。

「では早速だが、これから刑事課の課員に紹介する」

「はい」

せっかくのヨイショをスルーされ、やや憮然とした面持ちの署長に「失礼します」と軽く会釈をして、鬼塚は歩き出した。その後ろを青年がついてくる。

署長室を辞した鬼塚は、追いついてきて横に並んだ青年に、「一つ断っておく」と切り出した。

「きみの本名とカテゴリーについてだ。現在、署内で本当の名前を知っているのは、俺と署長、副署長の三人だけだ」

聞くところによると〝苅谷〟という名前は、青年の母方の姓らしい。世間に知名度の高い〝首藤〟を名乗れば、必然的にアルファであることが公になり、様々な支障が出る。そこで、母親の旧姓を使いたいと、青年のほうから希望を出してきたそうだ。警察学校、さらに研修時代も、苅谷で通してきたらしい。

実のところ、アルファの新人は課員の手に余る。ただでさえ忙しい刑事課のメンバーに余計な配慮を強いるのは、鬼塚の望むところではなかった。

「課員には、きみがアルファであることは伏せる。きみはただの新人だ。それでいいな？」

鬼塚の確認に、青年が首肯する。

「それで結構です。配慮に感謝します」

「よし」

特別扱いはしないが、普通の新人と同じように後方から見守り、必要とあらば適宜フォローを入れる。おのれのスタンスは決まった。

（そうはいっても、しばらくはごたつくだろうが……）

横顔まで美しく完璧な〝スーパールーキー〟を目の端で捉えつつ、鬼塚はネクタイのノットと首の隙間に指を差し込んで、ふうっと息を吐いた。

Resonance 1

念願の刑事となった記念すべき初登署の朝八時、苅谷煌騎は、本日から職場となる建物の前に立っていた。

ダウンタウン地区の東エリアを所轄とするダウンタウン東署は、規模としては中程度の警察署だ。地上五階・地下二階構造の建物には、その性質上装飾などは一切なく、無味乾燥な四角いコンクリートの箱といった印象を受ける。長年雨風にさらされ続けた外観は全体的に黒ずみ、経年劣化によってところどころ外装が欠け落ち、エントランスの自動ドアも旧式だった。

建物内に足を踏み入れる。こちらも殺風景で、飾り気はゼロ。掃除は行き届いていたが、設備が古いせいか、清潔感はあまりなかった。

とはいえ、ここまでは想定内であり、警察署に居心地のよさを求めること自体がナンセンスとも言える。犯罪者が署内でくつろげたり、何度も来たくなったりするようでは、そもそもの存在意義が問われるだろう。

一方、事前に指示されていたとおりに足を向けた三階の署長室は、彫刻が施された重厚な扉からして異質だった。ノックのあと、「入りたまえ」といういらえに応じて木製の扉を開けると、そこだけリノベーションを施したかのように壁も床も真新しく、自然素材をふんだんに取り入れた内装は高級感が漂っている。大きな窓を背にした木製のデスクも、革張りのハイバックチェアも、ステンレス製のライトスタンドも、名のあるブランドのものだ。

「やあ、きみが苅谷くんか」

そう言ってハイバックチェアから立ち上がり、煌騎を出迎えた署長は、樽（たる）のような巨軀（きょく）を制服に押し込んだ中年男だった。肉付きのいいまるい顔には作り笑いが張りついている。人為的な表情というのは、見る側にははっきりとわかるものだが、不思議なことに本人は、相手に知られていないと思っているらしいのだ。

「会えるのを楽しみに待っていたよ。いやいや、想像していたのの何倍も見目麗（みめうるわ）しい。やはり私たちベータと違って、アルファのオーラはすごいものだね。……おお、これは立たせたままで失礼した。続きの間が来客室になっているので、そちらで話そう」

内扉の向こうには、これもまた有名ブランドの革張りのソファセットが据え置かれ、壁面の一部が造り付けの書架になっていた。書棚にはぶ厚い背表紙の特装本が並び、それ以外の壁には額に入った賞状が所狭しと飾られている。

「さあ、座って。いま署員にお茶を持ってこさせるから楽にしてくれ」

「お茶は結構です」

ローテーブルを挟んで、署長と向かい合わせに腰を下ろした煌騎は、申し出を断った。署員は署長の使用人ではないはずだし、これはD東署に限ったことではないが、警察署は常に人手不足と聞いている。特に飲みたくもないお茶を淹れるために、誰かの仕事が滞るのはおかしい。

「いまなんと？」

聞き返され、もう一度「お茶は結構です。いりません」と繰り返した。

断られるのは予想外だったのか、虚を衝かれた表情の署長に向かって、「それよりも、お願いがあります」と言葉を繋ぐ。

「あ……ああ」

気を取り直したように、署長がふたたび作り笑いを浮かべた。

「なんだね？　なんでも言ってくれ」

「私を特別扱いしないでください」

「………っ」

息を呑んだ署長が、一瞬後、少しムキになって反論する。

「そうはいっても、きみはアルファで」

「職場に於いてはカテゴリーは関係ありません。ここでの私はあくまでいち刑事です」

きっぱり言い切ると、目の前の男はぐっと詰まった。

「署のトップである署長が私に気兼ねすれば、署員の方々もそれに倣おうとするでしょう。それは私の望むところではありません」

空気が悪くなるのを承知で申し立てたのは、署長の自分に対する必要以上に低姿勢な態度に接して、最初に釘を刺しておく必要があると感じたからだ。

確かに、煌騎がアルファであるのは、覆しようのない事実だ。アルファのなかでも五指に入る首藤本家の三男に生まれ、人間関係もほぼアルファが占める環境下で、アルファに相応しい（と両親が考えるところの）教育を受けて育った。

だが、いまは刑事としての第一歩を踏み出すべく、この場にいる。ここに辿り着くまで、両親や親族の反対をはじめ、幾多の障害を乗り越えなければならなかったが、すべてのハードルを一つずつクリアし続けた結果、この場に到達することができた。

それなのに、やっと辿り着いた念願の職場で、アルファであるというだけで特別扱いされ、〝お客様〟になるなんて冗談ではない。

それでは、なんのために敷かれたレールを外れて、アルファ社会から飛び出したのかわからない。

煌騎の挑むような視線の先で、署長のたるんだ頬がみるみる赤みを帯びた。おそらくは、今日赴任したばかりの新人に意見された屈辱と、アルファへの配慮が、胸中でせめぎ合っているに違いない。しかし煌騎としても、ここはぜったいに譲れなかった。

「…………」

互いに無言で視線をぶつけていると、険を孕んだ空気を打ち破るかのように、壁を隔てた隣の部屋からコンコンコンというノック音が聞こえてくる。びくっと肩を揺らした署長が、両目をパチパチさせて、「おそらく刑事課の課長だ」とつぶやいた。

「ここで少し待っていてくれ」

署長が内扉を開けて主室に消え、そこから十五分ほど待たされた。その間、書架に並んでいる特装本を何冊か抜き取り、ぱらぱらと捲ってみたが、どれも新品同然で、読まれた形跡はなかった。どうやら〝飾り物〟であるらしい本を拾い読みしていると、ガチャッと内扉が開き、署長が顔を覗かせる。

「苅谷くん、こっちへ」

署長に呼ばれた煌騎は、本を戻して主室に移動した。

「失礼します」

デスクがある主室の中程に、五十代半ばくらいの大柄な男性が立っている。

「この男が、きみの上司になる刑事課の課長だ」

「本日付でダウンタウン東署に配属になりました。苅谷煌騎です」

引き合わされた上司は、署長とは真逆のタイプだった。眉間に筋を刻んだ厳めしい顔は、「愛想」などという言葉は辞書にないとばかりに、煌騎の挨拶にもにこりともしない。がっしりしている上に百八十はあろうという長身なので、威圧感がある。まさしくイメージどおりの〝ザ・叩き上げの刑事〟といった印象だ。

「刑事課課長の鬼塚(おにづか)だ」

しかも名前は「鬼塚」。名は体を表すとはこのことだろう。

「本日からお世話になります。至らない点もあるかと思いますが、ご指導のほど、なにとぞよろしくお願いいたします」

握手を求めると、束(つか)の間(ま)複雑な表情を浮かべていたが、みずからも手を差し出してきた。握った手は無骨だが、大きくてあたたかい。

「刑事課はうちの署内でも一番ハードな職場だ。場所柄、凶悪事件の発生率も高く、常に人手不足でもある。アルファだからといって特別扱いはしないからそのつもりで」

渋い声で宣言され、煌騎は目の前の男に好感を抱いた。こちらから切り出すより前に、欲しかった言葉をもらえて、口許に笑みが浮かぶ。

「わかっています。むしろ望むところです」

「これは頼もしい！　さすがは首藤家の血筋だ」

先程釘を刺しておいたにもかかわらず、署長がわかりやすく持ち上げてきたが、目の端で一瞥(いちべつ)するだけにとどめ、スルーした。この手合いには態度で示していくしかない。

「では早速だが、これから刑事課の課員に紹介する」

「はい」

署長室を辞し、二人で肩を並べて廊下を歩き出してほどなく、課長に「一つ断っておく」と切り出された。

「きみの本名とカテゴリーについてだ。現在、署内で本当の名前を知っているのは、俺と署長、副署長の三人だけだ」

いま使っている〝莉谷〟は、母の旧姓だ。世間に知名度の高い〝首藤〟のままではアルファであることが周知されてしまうので、警察学校時代から母方の姓を名乗ってきた。

「課員には、きみがアルファであることは伏せる。きみはただの新人だ。それでいいな?」

確認されて首肯する。願ってもない扱いだ。

「それで結構です。配慮に感謝します」

「よし」

やがて階段にぶつかり、二階に下りた。課長の後ろをついて廊下を進んでいくと、左右の壁に次々とドアが現れる。それぞれのドアには、「警備課」「文書集配室」「通信室」「資料室」と表記されたプレートが付いていた。廊下の突き当たりにもドアを認める。視線の先の両開きのドアは開放されていたので、フロア内の一部が見えた。デスクが並んでおり、外から見る限りでは普通のオフィスのようだ。

出入り口の前で足を止めた課長に、「ここが刑事課ですか?」と尋ねる。

「そうだ。刑事課の担当は、殺人、恐喝、強盗、誘拐、銃器や薬物に関わる凶悪犯罪だ。二十名が三つのチームに分かれていて、それぞれにリーダーがいる。一係が強行犯罪担当、二係が盗犯罪担当、三係が組織犯罪担当。そのほかに三名の鑑識員が所属している」

　説明にうなずくと、「おまえは一係に加わることになる」と言われた。さっきまで「きみ」だったのが、ものの数分で「おまえ」に変わったが、不快ではなかった。アルファだからといって特別扱いしないという言葉は本当らしい。

　先に立ってフロアに入っていく課長の背中を追った。

　フロアの正面にあたる一面は窓になっており、ブラインドが下りている。そのブラインドを背にする形で、大きめのデスクが一つ置かれていた。フロア全体を見渡せるポジションに設置されたあれが、おそらく課長のデスクだろう。

　窓際の課長のデスクとは九十度の向きで、やや小さめの事務机が並んでいる。横並びの四席が、やはり横並びの四席と向かい合わせになって、計八席で縦長の島が作られていた。この机の島が、等間隔でフロアに三列並んでいる。

　そのほかに、パーティションで区切られた打ち合わせ室と思われるスペース、ホワイトボードと大きなテーブル、パイプ椅子が設置された会議スペースなどが見受けられる。左の壁にはロッカーがずらりと並び、右の壁にはドアが三つ並んでいた。各々「第一取調室」「第二取調室」「応接室」とプレートに記されている。

　デスクに座っている課員は半数ほどで、ここにいない者は外回りをしているか、もしくは署内の別の場所に出向いているのかもしれない。年齢は二十代前半から五十代後半までとバラバラだったが、全員がスーツを着用している。部屋に残っている課員のなかで、女性は一人だけだった。パソコンに向かったり、オフィスフォンやスマートフォンで話をしていたり、数人で打ち合わせをしていたりと、誰もが忙しそうだ。

そこまで観察し終わったところで、課長が窓際のデスクに辿り着く。デスク前のスペースでくるりと向き直った彼の横に、煌騎も並んだ。

「みんな集まってくれ」

課長の呼びかけに、フロアの課員がぴたりと作業の手を止める。椅子から立ち上がって、三々五々集まってきた。集結した十人ほどの部下をざっと見回した課長が、「そういや二係はD南署の応援で出払っているんだったな」とひとりごちる。人が少なかったのは、そういった事情があってのことらしい。

「今日からうちの課の一員になる新人を紹介する。苅谷だ。警察学校を首席で卒業し、制服の研修を一ヶ月に短縮して巡査長拝命となった。一係で面倒を見てやってくれ」

紹介を受け、煌騎は一歩前に進み出た。とたん、視線の集中砲火を浴びる。

好奇の眼差し。驚きの目。値踏みする視線。

それらを撥ね除けるように毅然と胸を張り、「苅谷煌騎です」と名乗る。

「本日付でダウンタウン東署の刑事課に配属になりました。よろしくご指導ご鞭撻のほど、お願いします」

「…………」

挨拶が終わっても、誰もなにも言わなかった。無言で、たくさんの目が凝視してくる。

首藤家の一員として生きてきた二十三年間で、注目されるのは慣れている。とはいえ、こうもあからさまにじろじろと見られることは滅多にない。気分のいいものではなかったが、かといって今日から同僚となる課員たちを、睨みつけるわけにもいかない。

やや居心地の悪い思いをしていると、不意にテンション高めの声があがった。

「うっそ！　マジ⁉　すっごいイケメンじゃん！」

すぐ目の前の位置で、さっきまで口をぽかんと開けていた、ショートカットにパンツスーツの女性だ。彼女のおかげで張り詰めていた空気が和らいだのを感じた煌騎は、女性に微笑みかける。すると一瞬で、女性は耳まで赤くなった。その反応に腹のなかで舌打ちをする。しまった。

子供の頃から「アルファたるもの紳士たれ」と教わり、レディファーストの精神を叩き込まれてきたせいで、女性に対しては条件反射的に笑顔で接してしまうのだが、ここは社交界でも遊び場でもない。職場なのだ。

「うちは出会い系じゃねえぞ」

案の定、渋面を作った課長に苦言を呈された。

「おまえも、ちょっといい男が入ってきたからって色気づくな」

叱られたショートカットの女性が、ぺろっと舌を出して首を縮める。

「まあ、ちょうどいい。こいつが一係の紅一点だ。瀬尾涼（せおりょう）。一昨年（おととし）の新人だ」

「瀬尾です。年齢的にも私が一番近いよね。去年は新人の配属がなかったから後輩ができてうれしい。しかもイケメンだし」

懲りないイケメン発言に苦笑しつつ、「よろしくお願いします」と挨拶した。

「その隣が、やはり一係で、チーフの黒木万里（くろきばんり）」

長身かつ精悍（せいかん）なルックスの男性で、三十代半ばくらいに見える。

「一係のチーフとして、優秀な新人は大歓迎だ。よろしく」

ハキハキとした物言いと鋭い眼光。チーフだけあって頭が切れそうだ。

「よろしくお願いします」

「黒木の横が鏡幹人（かがみみきと）。鏡も一係だ」

「……よろしく……」

分厚いレンズの眼鏡をかけた、小柄な男性がぼそぼそとしゃべる。視線を合わせようとしたら、すっと逸らされた。シャイな性格のようだ。

その後も、課長が一人一人の名前と簡単な紹介をしてくれた。その場にいた全員との引き合わせが終わったところで、課長が「本浄（ほんじょう）はどうした?」と投げかける。顔を見合わせた課員たちのあいだで、「今日見た?」「見てない」といったやりとりがなされたあと、答えたのは一係のチーフだった。

「本浄はまだ出署していません」

「また遅刻か」

　課長が厳(いか)つい顔をしかめ、頭をガリガリと搔く。

「ったく、あいつは……」

　刑事課の長を苛立たせる強者――〝ホンジョウ〟に興味をそそられた煌騎は問いかけた。

「ホンジョウさんというのは？」

　ちらっと横目で視線を寄越した課長が、

「おまえの相棒になる刑事だよ」

　そう答えた刹那(せつな)、課員たちがざわっとざわめく。

「相棒？　本浄の？」

「マジかよ⁉」

「新人くん、殺(や)られちゃう！」

　悲鳴をあげたのは瀬尾だ。口を手で覆って青ざめている。

「課長、いくらなんでもいきなり本浄はないでしょう。どんなに優秀でも、まだ新人ですよ？」

　一係チーフの黒木が、険しい顔つきで異論を唱えた。

「そもそも本浄はバディは組みませんよ」

「そんなことは俺だってわかってる。だがな、これは上からのお達しなんだ。つまり、決定事項だ」

上からのお達しと言われて、黒木は黙ったが、その薄い唇は不満げに引き結ばれている。

さっきまで好奇心一色だった課員たちの心模様が、一気に自分に対する憐(あわ)れみの情に傾いたのを察して、煌騎はじわりと眉をひそめた。

課員たちをこれだけざわつかせる〝ホンジョウ〟とは一体どんな人物なのか。

しかも、どうやら問題児らしきその人物が、自分のバディになるらしい。

警察では基本的に、二人の刑事がペアで行動する「バディシステム」が取られている。相互(そうご)間(かん)で、互いの言動の証人になれるためだ。これによって誤認逮捕の確率が格段に下がるし、犯行を認めない被疑者に対しても、二人の警察官の証言は有力な証拠となる。

だがなによりのメリットは、一人より二人のほうが、危険な状況に対応がしやすいこと。

つまり、警察官にとってバディは、単なる仕事上の相棒というだけでなく、自分の生命をも左右する大きな存在なのだ。

自分にとっての初めてのバディ——ホンジョウ。

どんな人なんだろう。

ここにはいないバディ候補について想像を巡らせていると、オフィスフォンがプー、プーと鳴り出す。瀬尾が近くのデスクに手を伸ばして受話器を取り、ピカピカと点滅しているボタンを押した。

「……はい。少々お待ちください」

受話器を手で押さえて顔を上げ、課長に告げる。

「署長がお呼びです」

眉間に皺を寄せた課長が「いま行くと伝えてくれ」と応じ、一係チーフの黒木に「本浄が来たら、俺が呼んでいたと伝えろ」と命じた。

「わかりました」

「それと、新人にいろいろ教えてやってくれ」

「承知しました」

最後に、煌騎の肩をぽんと叩く。

「わからないことがあったら、先輩たちに訊け」

「はい」

課長の姿がフロアから消えるのを待ち構えていたかのように、煌騎は課員たちにぐるりと取り囲まれた。

「本浄と組まされるなんてついてないな」

「いきなりパワハラの餌食かー。かわいそうに」

「ま、上の命令じゃな。致し方ない」

「そうそう、俺たち平に逆らう権限はない」

「辞めるならいまのうちって話もあるけどな」

「しっかし、意味不明だよな。せっかく優秀な新人が入ったのに、わざわざ潰すかね？」

口々にまくし立てる言葉こそ同情めいているが、気のせいか、どの顔もうれしそうに見える。

「はいはい、先輩たち、新人をいじめないでくださいね。それこそパワハラですよー」

輪のなかに強引に割って入ってきた瀬尾が、「解散、解散。お仕事してくださーい」と声を張り上げた。

「なんだよ。こっちは心配してやってるのに」

「ったく、後輩ができたとたん、先輩ヅラかよ」

ぶつぶつ文句を言いながら、課員たちが散らばっていく。一人残った黒木に、瀬尾が「チーフ、苅谷くんの面倒は私が見ますから。いまちょうど手が空いてるんで」と名乗りを上げた。

「そうか。助かる」

雑用から解放されてほっとした顔つきの黒木が、「じゃ、あとはよろしく」と言って、自分の席に戻っていく。椅子に腰を下ろすなり、すぐに電話をかけ始めた。ほかの課員たちも、パソコンに向かったり、分厚いファイルを捲ったりと忙しそうだ。

「苅谷くん。はい、これ」

振り向いた煌騎は、瀬尾の手のひらにのせられた、鉄製のピンバッジのようなものを認識する。指で摘んでよく見れば、ピンには「ＤＥＰＳ」という文字が刻印されていた。「Ｄｏｗｎｔ own East Police Station」の頭文字を模したデザインのようだ。

「襟につけておいて。うちの署員だっていう証（あかし）だから」

言われたとおりに、ピンバッジをスーツのフラワーホールにつける。

「いいじゃん。めっちゃ似合うよ！」

「ありがとうございます」

不思議なことに、バッジをつけただけで、刑事になった実感がぐっと高まった。

「警察手帳とかの装備一式は、あとで総務部から支給されるはずだよ」

そう説明した瀬尾が、すっと顔を近づけてきた。

「さっきの気にしなくていいから」

ひそっと囁（ささや）かれる。

「悪い人たちじゃないんだけどね。男の嫉妬ってやつだよ」

「嫉妬……」

「そ。若くてイケメンで優秀な新人が入ってきて、やっぱ本能的におもしろくないんじゃない？　男ってほら、縄張り意識が強いから。だから気にしなくても……」

「大丈夫です」

みなまで聞かずに煌騎は遮った。

「慣れてますから」

「慣れてる？」

「ええ」

アルファがベータのなかで浮いてしまうのは仕方がない。ベータにとって、アルファは異物だからだ。

警察学校でも、当初は遠巻きにされ、一線を引かれた。

アルファであることを伏せてもなお、「おまえは俺たちとは違う」「おまえに俺たちの気持ちはわからない」などと、ことあるごとに言われた。だが、半年間苦楽をともにしているうちに、だんだんと周りが心を開いてくれるようになり、同期たちとは、卒業したいまでも連絡を取り合っている。だから、カテゴリーの壁については、さほど心配していない。

それよりも気になるのは〝ホンジョウ〟の存在だ。

「瀬尾さん、訊いてもいいですか？　課長がおっしゃっていたホンジョウさんというのは」

「ああ……」

瀬尾が複雑な表情を浮かべる。

「うーんとね。なんて説明したらいいかな……」

「瀬尾さん！」

腕組みで思案していた瀬尾が、呼びかけにびくっと肩を揺らし、ばっと振り返った。彼女に釣られて視線を転じた出入り口には、制服姿の中年女性が立っている。ベテランといった風格の女性警官が、片手に持っている書類らしき紙の束を空中で振った。

「あなたが提出した書類に不備があるんだけど」

「えっ……本当ですか？」

「しかも複数箇所。いますぐに訂正して再提出してください！」

厳しい声で催促されて、瀬尾が「は、はいっ」と返事をする。

「苅谷くん、ごめん。ちょっと待っててくれる？　きみのデスクはあそこね」

机の島の一番端のデスクを指で差すと、瀬尾は女性警官に向かって駆け寄っていった。


指示されたとおりに、一番端のデスクで待機していたが、訂正した書類を持ってフロアを出て行ったきり、瀬尾はいっこうに戻ってこない。課長も戻ってこない。

ほかのみんなも忙しそうで、新人の面倒を見る余裕のある課員はいないようだ。かといって、現時点で自分に手伝える仕事があるとも思えなかった。却って足手纏いになる恐れがある。

バディ候補の〝ホンジョウ〟も現れない。出署したら、誰かが知らせてくれるだろうから、なにも言われないということは、まだ来ていないということだろう。

しばらく与えられたデスクで大人しくしていた煌騎だったが、三十分を過ぎた時点で痺れを切らし、刑事課のフロアを抜け出す。

なるべく早く、職場の全体像を把握しておきたいという思いからの行動だった。

案内してもらえないのなら、自分で探索するまでだ。

まずは一階に下り、インフォメーションカウンターで事情を説明して、フロアガイドマップを見せてもらった。

それによると、地下二階＝車庫。地下一階＝留置所。一階＝ロビー、インフォメーションセンター、地域課、交通課。二階＝刑事課、警備課、通信室、資料室、文書集配室。三階＝署長室、副署長室、会議室、診療室。四階＝生活安全課、会計課、警務部、総務部、聴聞室。五階＝柔剣道場、食堂——という構成になっているようだ。

「……なるほど」

「あの……」

声をかけられてフロアガイドマップから顔を上げる。かわいらしい顔立ちの女性警官が、少し潤んだような大きな目でじっと見つめてきた。

「もしよろしければ、私が署内を案内しますけれど」

独身の男なら、二つ返事で「お願いします」と言うべきところだろう。

しかし煌騎は、せっかくの申し出を「ありがとう。でも大丈夫です」と断った。わかりやすくがっかりされたが、あえて空気を読まずに、インフォメーションカウンターを離れる。

昔から、不思議と女性によくモテた。父もかつてプレイボーイで名を馳せたらしいし、上の二人の兄たちもモテるので、首藤の血筋なのかもしれない。首藤の男たちからは、アルファのなかでも特別なフェロモンが出ているのだ、と言われたこともある。

特別なフェロモンのせいなのかどうかはわからないが、アプローチは尽きず、アルファ、ベータ、オメガ——カテゴリーを問わずにたくさんの女性とつきあってきた。けれど、自分から積極的にいったわけではないからなのか、いま一つ相手に対する執着心が希薄で、ちょっとしたきっかけでくっついたり別れたりを繰り返し——その結果、ゴシップ誌などに【恋多き首藤家の三男、またまた新恋人発覚！　今度は有名女優！】などと書かれたりもした。

だが、警察学校に入学することが決まってからは、それまでの軽薄な態度を改めた。警察学校の寮に入ったのを機に、女性との関わりもきっぱり断ち切った。

警察学校を卒業した現在も、当分解禁するつもりはない。

なにしろ、ようやく子供の頃からの夢が叶ったのだ。

一日も早く仕事に慣れて、一人前の刑事になりたい。そのためには、恋愛にうつつを抜かしている暇などない。

脳裏に、いまでも煌騎にとってのヒーローである〝あのひと〟が浮かんだ。

小学校に上がったばかりの頃だ。煌騎は身代金目的で誘拐された。

手足を縛られ、猿ぐつわを咬まされて、犯人のアパートの一室に監禁されていた三日間。狭くて暗い部屋の片隅で、ただじっと身を縮めていることしかできず、震えと涙が止まらなかった。

まだ二十代前半の犯人は、交渉がうまくいかないことに苛立っていたらしく、時折『俺を舐めるな！』『特権階級のおまえらに、底辺で足掻く俺の苦しみがわかるか！』などと大声で叫んだ。

『おまえを殺せば、おまえの家族は永遠に苦しむ。地獄に堕ちろ！　アルファめ！』

血走った目で叫んだ男が、喉元に包丁を突きつけてきたときは、もう家族には会えないのだと絶望した。

真っ黒な絶望に囚われていたせいで、突然ドアが蹴り破られ、たくさんの男の人たちが雪崩れ込んできた際も、なにが起こったのかすぐにはわからなかった。

『なんだ、おまえら！』

『警察だ。誘拐および監禁容疑で逮捕する』

『くそ！　死ねーっ』

犯人が闇雲に包丁を振り回す。

先頭に立って逮捕令状を見せていた大柄な男性が、格闘の末に犯人を取り押さえ、包丁を取り上げて手錠をかけた。捕らえた犯人を部下らしき男性に引き渡すと、部屋の隅で縮こまっていた煌騎に近づいてくる。

『首藤煌騎くんだね？』

大きな体に似合わない、やさしい声で尋ねられ、コクコクと首を縦に振った。男性がしゃがみ込んで猿ぐつわを外し、両手と両足の拘束を解いてくれる。それでもまだ助かったという実感が湧かずに、じっと体を固くする煌騎を、彼は『もう大丈夫だ』と言って抱き締めてくれた。人のぬくもりを感じたら、自然と涙が溢れてきた。

ああ……もう大丈夫なんだ。助かった。家に帰れるんだ。家族に……みんなに会える。

『こわかった。こわかったよう……』

わんわん泣きながら、大きな体にしがみついた。煌騎が泣きやむまで、男性は根気強く背中をさすり続けてくれた。

その人がダウンタウンにある警察署の刑事であったことを知ったのは、無事に家族と再会できて、しばらくしてからだ。両親は『息子を助けていただいたお礼を直接申し上げたい』と願い出たようだが、『職務を遂行しただけですから』と辞退されてしまったらしい。

だから彼に会ったのは一度きりで、顔ももう定かではない。名前もわからない。パソコンが使えるようになってから調べてみたが、本人に辿り着くことはできなかった。

だけど彼が与えてくれた安心感は、煌騎の記憶に焼きついて、成長したのちも色褪せなかった。

彼に対する憧れは、いつしか煌騎のなかで、将来の夢へと変わっていった。

自分もいつか〝あのひと〟のような刑事になりたい。

刑事になって、あのときの自分みたいに、苦しみ、絶望している誰かを救いたい。

この腕で抱き締め、「もう大丈夫だよ」と言ってあげたい。

その一念で、ここまで来た。

(ようやく、ここまで……来た)

フラワーホールのピンバッジに指で触れ、感慨を嚙み締めて歩き出す。さっきインプットした脳内のフロアガイドマップと照らし合わせつつ、一階から各部署を実際に見て回った。出口や非常階段、洗面所などもチェックする。

ワンフロアをひととおり見終わったら、階段を使って次の階——という手順で上がっていき、階段が途切れるところまで来た。

(ここが最上階か)

薄暗くてがらんとしたスペースに立つと、正面の少し高い場所に、磨りガラスが嵌め込まれたドアが一つ見える。磨りガラスからは光がぼんやり漏れていた。多分、屋上に続くドアだ。

階段を三段上がって、ドアノブを掴む。鍵はかかっていなかった。

ドアを押し開けたとたん、明るい陽光に射貫かれ、とっさに目許を腕で覆う。

少しして、ゆっくりと腕を離した。目の前に、鉄柵に囲まれた屋上が広がっている。塔屋から足を踏み出し、コンクリートの屋上に出た。頭上は真っ青な空に白い綿雲。絵に描いたような青空だ。

頭の上を遮るものはなにもない空間を横断して、鉄柵まで辿り着いた。

D東署の建物がやや高台にあるせいか、所轄の街並みが一望できる。

煌騎が生まれ育ったアッパーヒルズは、道幅も広く、区画整備がされており、公園などの緑も豊かだ。それぞれの住宅は充分な敷地面積を持ち、美観に気を遣う住人たちによって手入れが行き届いている。生まれてから一度も、道端にゴミが落ちているのを見たことがないほどだ。

対して、いま眼下に広がるダウンタウンの街は、蜂の巣よろしくみっしりと詰め込まれた建物と建物のあいだを縫うように、細い道がくねくねと走っている。

統一感や美観なんておかまいなし。建築基準法に則っているのかも怪しい、好き勝手に建てられた建物。緑や公園も少ない。繁華街は原色の洪水で猥雑の一言。スラムに至ってはカオスだ。

それでもこの街が、今日から主戦場だ。

D東署に配属が決まった際、ＳＮＳで繋がっている同期たちには【よりによってダウンタウンかよ。ついてないな】と一様に気の毒がられた。犯罪が多いダウンタウンの警察署勤務は、危険な上に忙しく、昇級試験の勉強に割く時間が捻出できないので出世しづらい。彼らの共通見解としては「ハズレ」だということらしかった。

首席だったおまえがあんな場末に行かされるのはおかしい。そう言って憤る同期もいた。

だが、煌騎にとっては願ってもない配属先だった。〝あのひと〟もダウンタウンの警察署の刑事だったし、巡り合わせによっては、もう一度会えるかもしれない。そうすれば、あのときは言えなかったお礼を言うことができる。

それにどちらかと言えば、ハードルは高いほうが燃える質だ。手強ければ手強いほど、攻略のし甲斐がある。

犯罪者が多いということは、それだけ苦しんでいる市民もいるということ。彼らを一人でも多く救うのが、自分の使命であり、目標だ。

そのために、一日も早く現場に出てスキルを磨き、〝あのひと〟みたいな刑事になる。

子供の頃からの夢が、やっと現実のものとなった感慨に、全身がじわっと熱を帯びた。ここまでの道程が険しかったからこそ込み上げてくるものも大きくて、高揚のままに鉄柵をぎゅっと強く握り締めたときだった。

ピリリリリリッ。

トラウザーズのポケットでスマートフォンが鳴り始める。引き抜いてホーム画面を見た煌騎は、眉根を寄せた。無視するか否か、逡巡しているあいだも、呼び出し音は鳴り続ける。

ピリリリリリッ。ピリリリリリッ。

どうやら出るまで鳴らし続ける気のようだ。ふーっと嘆息を吐いて、通話ボタンをタップする。

「……もしもし、美月？」

電話の相手は元彼女で、ドラマや映画、ＣＭなどで活躍中の人気女優だ。警察学校に入るにあたって、身辺を整理するために、煌騎から別れを切り出した。そのせいなのか、彼女のほうはどうも未練があるようだ。思い出したように突然、ＴＰＯを弁えずに連絡してくる。

「なに？　……特に用があるわけじゃないなら今度にしてくれないか。いまは仕事中だから……切るよ」

あえて素っ気ない声を出し、やや強引に会話を終了させた。終了ボタンを押し、耳からスマホを離したとたん、ふたたびピリリリリリッと鳴り出す。

ホーム画面に表示されているのは【美月】の名前だ。つれなくされたことに立腹して、一言文句を言いたいのかもしれない。これまでフラれた経験がなかったらしく、別れ話の場でも、なかなか納得しなかった。

もう一度出て、二度と連絡をしないでくれとはっきり引導を渡すべきか。

思案していると、突如、背後から怒鳴り声が聞こえてきた。

「うるせえ！」

「………っ」

誰もいないと思っていたので、完全に不意打ちだった。

肩を揺らして振り返り、声がしたほうを見やる。ちょうど、塔屋の上に寝転んでいた人影がむくっと起き上がるところだった。

「ピリピリピリピリ、うるせーよ！」

いかにも寝起きといった、不機嫌まる出しの掠れ声。

「人が気持ちよく寝てるとこ起こしやがって」

声から推測するに男のようだが、顔は逆光で潰れていて判別できない。

不意を衝かれた衝撃が過ぎるにつれ、じわじわと苛立ちが込み上げてきた。起こしたのは悪かったが、就業中にまさか屋上で人が寝ているとは思わないし、ここは公共スペースだ。電話をかけてはいけないというルールはないはず。一方的に怒鳴りつけられる筋合いはない。

「……誰だ、おまえ」

ただでさえ納得がいかないところに不躾に誰何され、むっとした。

他人に名前を訊くならば、まずは自分から名乗るのがマナーではないのか。

喉元まで迫り上がってきた抗議の声を、ぐっと堪えて呑み込む。

ここでの自分は新参者であり、おそらく相手は先輩だ。

いつの間にか静かになっていたスマホをポケットに戻した煌騎は、さっき歩いてきたルートを引き返して、塔屋の少し手前で足を止める。その場で、逆光の男を見上げた。

「お休みのところ、うるさくしてしまってすみませんでした」

百歩譲って謝罪する。

「本日付でダウンタウン東署に配属になりました、苅谷煌騎です」

自己紹介に対して、男のリアクションは予想の斜め上をいっていた。

ふあーっと大あくびをしたのだ。

「くそっ、完全に目が覚めた」

低い声で罵声を吐き、上着のポケットをごそごそと探っていたかと思うと、煙草とライターを取り出した。咥えた煙草の先に、カチッと火を点ける。

（署内は禁煙じゃなかったか？）

煌騎自身は吸わないが、先程署内を探索した折、各階に喫煙室が設けられていたし、要所要所に【署内禁煙】の貼り紙を見た。屋上とはいえ、ここも署内だ。

煌騎が喫煙を注意すべきかどうかを悩んでいるあいだも、実にうまそうに煙を吸ったり吐いたりしていた男が、ほどなく咥え煙草で立ち上がった。塔屋のドアの横に設置された梯子を使ってするすると下りてくる。

とんっと屋上に足をつき、くるりと振り返り、煌騎のほうに歩み寄ってきた。

自分より十センチほど目線が下なので、身長百七十八くらい。全体的に細身だが、引き締まった筋肉質なのが服の上からもわかる。襟ぐりがかなり伸びた白のカットソーに、黒のスキニーボトム、足元はスニーカー。それらの上に、フード付きのモスグリーンのモッズコートを羽織っていた。

至近距離で、彼の貌を見た煌騎は、ゆるゆると瞠目する。

これまで見たことがないレベルの美形だったからだ。白磁の肌に筆ですっと描いたような眉。アーモンド形の切れ長の目。濡れたような黒い瞳。細くてまっすぐな鼻。赤みを帯びた唇。左耳に点在する複数のピアス。しっとりと艶やかな黒髪。その髪によって、顔の半分が隠れているのが惜しいくらいだ。

　ごくりと喉が鳴る。過去にオメガの女優やモデルとつきあったこともあったが、彼女たちより数段格上の美貌。顔かたちの美しさもさることながら、独特なオーラがすごい。きらきらと眩い光のオーラというよりは、ちょっと黒みがかったダークなオーラ。

　この人は一体……。

　妖艶な美貌に思わず見惚れていると、白い貌が間近まで迫ってきて、ふーっと紫煙を吹きかけられた。

「……っ……」

　顔に纏わりつく煙を手で払ってから、目の前の男を睨めつける。うっかりかかってしまったわけでないのは、男が薄ら笑いを浮かべていることでも明白。明らかに故意だ。

　先輩であろうが、見たこともないような美形であろうが、煙草の煙をわざと吹きかけられて黙っているわけにはいかない。

「署内は禁煙のはずですが」

　煌騎のクレームには毛ほども動じず、「見かけない顔だな」とつぶやいた男が、ピンバッジを見て「新人か？」と訊いてきた。無礼な男の質問にどう対処すべきか逡巡したが、相手が一応コミュニケーションを取ろうとしているのを感じて、憮然と応える。

「……刑事課に配属になりました」

「ふーん……刑事課ねえ……」

男の目が、遠慮のない眼差しを投げかけてきた。頭のてっぺんから爪先まで視線を二往復させてから、咥えていた煙草を唇から引き抜き、唐突に「三日」と言い放つ。

「三日？」

「もって三日だって言ったんだよ。高価（たか）そうな仕立てもののシャツにハイブランドのネクタイ、オーダーメイドの三つ揃いのスーツ、ぴかぴかに磨き上げられたハンドメイドの革靴。パーソナルトレーナーの指導の下、バランスよく鍛え抜かれた体。血色がよく、キズ一つないつるんとした肌。栄養が行き届いてつやつやした髪。真っ白で完璧な歯並び。――育ちの良さがだだ漏れだ」

立て板に水の勢いで一気にまくし立てられ、面食らった。なにより驚いたのは、指摘がほぼアタリだったことだ。仕立てたシャツもハイブランドのネクタイもオーダーメイドのスーツもハンドメイドの靴も指摘どおり。確かにパーソナルトレーナーについて週三日ワークアウトしているし、食事も栄養管理専門のスタッフが自分用に用意してくれるものを摂（と）っている。

十秒に満たない時間で丸裸にされた気分で、煌騎は立ち尽くした。

「おまえみたいなお坊ちゃんが、ここでもつわけがない」

だが、最後の決めつけにはかちんとくる。

自分より十センチほど下にある小さな貌を睨みつけ、はっきりと否定した。

「子供の頃からの夢がやっと叶ったんだ。そう簡単に辞めたりしない」

煌騎の断言に、男が片眉を跳ね上げる。

「夢？」

鸚鵡返し（おうむがえ）にしてから、はっと吐き捨てた。

「だから……夢とか甘っちょろいことをほざく、そういうとこだよ」

〝そういうとこ〟のくだりで、男が煌騎の胸をとんっと突く。刹那、人差し指の先端が触れた場所から、びりびりっと電流が走った。

「………っ」

一瞬、息が止まった。

軽く押されただけなのに、まるで感電したみたいな衝撃だった。思わず突かれた胸を見下ろしたが、とりたてて異変は見当たらない。

ゆっくりと息を吐き出しながら視線を上げると、小突いた男のほうも、切れ長の目を見開いて自分の指に見入っていた。しばらく訝（いぶか）しげに指先を眺めていたが、やがて、そんなおのれを自嘲するかのように唇を歪める。

薄笑いを浮かべたまま、根元近くまで短くなっていた煙草の吸い差しをぴんっと指で弾いた。火の点いた吸い差しが、ぽとっとコンクリートの床に落ちる。

「ちょ……ポイ捨て！」

反射的に身を屈めて煙草を拾い上げた煌騎は、「熱っ……」と声を発した。取り落とした煙草を、靴底で揉み消す。

火を消した煙草を拾って顔を上げたときには、もう男の姿はどこにもなかった。

ギィ……バタンッ。

塔屋のドアが乱暴に閉まり、大きな音が屋上に響く。

業務時間中に屋上で寝ていたかと思えば、いきなり「うるせえ！」と怒鳴りつけ、禁煙の署内で煙草を吸い、人の顔に煙を吹きかけ、あまつさえ吸い差しをポイ捨て。そっちが「……誰だ、おまえ」と尋ねてきたから名乗ったのに、自分は名を明かさず、「お坊ちゃん」呼ばわりし、「三日しかもたない」と揶揄して、人の夢をせせら笑い、胸を小突いて――徹頭徹尾、マナーもモラルも礼儀もめちゃくちゃだった男が消えたドアを見つめ、煌騎は呆然とした面持ちでつぶやいた。

「なんなんだ……あの人」

Resonance 2

　超絶美形だが性格は最悪の吸い殻ポイ捨て男の毒気に当てられ、しばし呆然と佇(たたず)んでいた煌騎(こうき)だったが、ほどなくして我に返った。

　署内はひととおり見て回ったし、そろそろ瀬尾(せお)の手が空いた頃合いかもしれない。刑事課のフロアに戻ろう。

　そう気を取り直して塔屋に向かう。ポイ捨て男が乱暴に閉めたドアを開けて塔屋に入り、階段を下り始めた。階段を下りながらも気がつくと、思考はさっきの男に舞い戻っている。それほどまでに、男が煌騎に与えたインパクトは強烈だった。

　見た目も態度も口調もおおよそそれらしくなかったが、部外者が屋上に上がれるはずがないので、あれでも警察官なのだろう。導き出した答えに、暗澹(あんたん)たる心持ちになる。

　市民の模範たるべき警察官が、あんなにダーティーでいいのか？

　いいわけがないと、自身の問いかけに即答した直後、ふっと先程の不思議な体験が蘇った。

　あのとき——男の指先が煌騎の胸をとんっと突いた瞬間に、そこを起点として全身を走り抜けた電流。

本物の電流ならば感電しているから、もちろんそうじゃない。

でも本当に、まるで雷に貫かれたみたいに、頭のてっぺんから足の爪先までびりびりと震えた。

あんな経験、生まれて初めてだ。

自分だけかと思ったが、どうやら突いた彼も、異変を感じていた節がある。

怪訝な面持ちで指先を眺めていた男の姿が、脳裏に還った。

ひそめられた細い眉。白い指先を見つめる切れ長の目。薄赤い唇に咥え煙草という組み合わせが、やけに婀娜っぽくて……。

「……よせ」

煌騎は頭を横に振り、はすっぱで妖艶な男の残像を追い払った。

どんなに考えたところで、あの電流の正体がわかるものでもない。ひとまず、あの男のことは忘れよう。いまは一日も早く職場に慣れることが最優先だ。

おのれに言い聞かせつつ二階の刑事課フロアまで戻った煌騎は、追い打ちをかけるような衝撃に、入り口でフリーズした。フロアのなかに、たったいま脳内から締め出したばかりの男がいたからだ。

（刑事課だったのか！）

男は先程とまったく同じ格好――モッズコートを着たままで、デスクの上に長い脚とスニーカーをどかっと乗せ、事務椅子の背凭れをギイギイ鳴らしていた。

ほかの課員が漏れなくスーツを着用しているせいもあり、行儀の悪さとラフな格好が相まって、一人フロアで浮いている。

ポイ捨て男が刑事課の課員であったことだけでも充分なインパクトだったのに、さらなる衝撃が煌騎を襲った。

男が座っているデスクは煌騎の席の横だったのだ。

なるべく近寄りたくない男が隣席というアンラッキーに、血の気が引くのを感じていると、「苅谷」と名前を呼ばれた。声の方角にのろのろと向けた視線が、鬼塚課長の厳つい顔にぶつかる。煌騎が署内探索に出たときは、署長に呼び出されて席を外していた課長だが、この一時間余りのあいだに戻って来ていたようだ。

「どこに行ってたんだ」

「……署内を探索していました」

「探索？　一人でか？」

訝しげにひとりごちた課長が、「まあ、いい」とつぶやく。

来いというふうに手招きされ、煌騎は課長のデスクに向かって歩き出した。まだショックを引き摺っているのか、首の後ろがジンジン痺れるような感覚があったが、できるだけ平静を装う。

「本浄、おまえも来い」

デスクに行き着く少し手前で、課長が別の誰かを呼んだ。その名前に聞き覚えがあった煌騎は、足を止めた。

ホンジョウ——バディ候補の名前。

課長の視線を辿ると、なぜかポイ捨て男が面倒くさそうに足をデスクから下ろして立ち上がった。モッズコートのポケットに両手を突っ込んで、気怠(けだる)げに歩み寄ってきて、煌騎の横に立つ。両手はまだポケットに入れたままだ。上司の前でその不遜な態度はどうなんだと思ったが、課長も慣れているのか、特段気分を害した様子もなく席を立った。煌騎と男の前まで歩を進めてくる。

「今日から刑事課に配属になった苅谷だ」

課長の紹介に、男は「知ってるよ。新人だろ?」と応じた。しゃべり口調も横柄。どこまで傍若無人なんだと、イラッとした。

「なんだ。おまえたち、顔見知りなのか」

意外そうな声で問いかけられた煌騎は、隣の男と目を合わせないよう、まっすぐ前を向いて答える。

「さっき……屋上で」

「そうか。なら話が早い。本浄天音(あまね)、そして苅谷煌騎。おまえたち二人に、本日よりバディを組むことを命じる」

「………っ」

煌騎はばっと体を回転させ、見た目だけは極上な男を凝視した。

この人がホンジョウ⁉

ことここに至るまで、煌騎の脳内では、横に立つ傍若無人な男＝ホンジョウであるというシナプスが繋がっていなかった。残酷な現実を受け入れたくなくて、脳がこの二つを結びつけるのを拒絶していたのかもしれない。

だが、もはや、現実逃避は許されなかった。

「………」

衝撃に声を失う煌騎の視線の先で、男が「はあ?」と不服そうな声を出す。

「なんだ、それ。俺が誰とも組む気ないの、あんた知ってんだろ?」

ドスの利いた低音で上司に凄む男に、ますますもって「あり得ない」心情が募った。

こちらこそ、こんな粗暴で毒舌で立場を弁えない男と組むのは御免被る。まともに敬語も使えないような男がメンターなんて冗談じゃない。勘弁してくれ!

「これは上層部からのお達しだ。いち刑事にすぎないおまえに拒む権限はない」

あえてなのか、課長が無表情に言い切る。

「ふざけんな」

男――本浄天音が形相を変えて、一歩前に出た。詰め寄ってきた部下を、課長が片手で押し返す。それでも抗って前に出ようとする本浄の鼻先に、太い指を突きつけた。

「いいか？　おまえにはこれまでずいぶんと便宜を図ってきた。その耳にごちゃごちゃついてる飾り、だらしない服装、乱暴な口の利き方、場所を選ばない喫煙、連日の遅刻、勝手な個人行動。その他諸々の職務違反に目を瞑ってきてやったんだ。だが、今回ばかりはおまえのわがままは通らない」

　ただでさえ威圧感のある厳つい顔で、上からねじ伏せるように課長が通告する。

　厳しく申し渡された本浄は、なにか言い返そうとして口を開いたが、結局、言葉を発することなく唇を閉じた。

　課長の指摘がことごとく真実で、不服申し立ての余地なし――という自覚は一応あるようだ。

　しかし言い返せないぶん、眉根をきつく寄せ、眦を吊り上げ、唇をむっつり引き結んで、全身から憤怒のオーラをめらめらと立ち上らせている。

　本浄からの反論がないことを確認した課長が、重ねて命じた。

「わかったなら、苅谷とバディを組んで面倒を見ろ。苅谷を使えるように教育するのが、目下のおまえの仕事だ。いいな？」

　そう念を押すと、これで話は終わりだとばかりにその場を離れた。

「……教育……だと？」

　怒りに紅潮した頬と、憤りを内包して昏く燃える瞳。噛み締められて赤みを増した唇。

　傍らの横顔に、覚えず見惚れていた煌騎は、突如こちらを振り向いた本浄に「なにじろじろ見てんだ、クソガキ！」と噛みつかれてはっとする。本当に、見惚れている場合じゃない。

煌騎はいきり立つ本浄を残し、フロアを出て行く課長を追いかけた。

「課長！」

廊下を歩いていた課長が足を止める。

「本浄さんとバディを組む件なんですが、俺には過分なお相手かと」

一人称を〝私〟にするのも忘れて切り出した。

「本浄さん自身も乗り気ではないようですし、別の誰かに替えていただくわけには……」

ほんの一瞬、課長の目に憐憫（れんびん）の情らしきものが浮かんだが、すぐに元の厳しい顔に戻る。

「本浄はああ見えて仕事はできる。やり方は多少荒っぽいが、結果は出している。検挙率は刑事課でも常にトップで、表彰も複数回受けている」

「そう……なんですか」

にわかには信じられず、煌騎は眉をひそめた。

検挙率ナンバーワン？　アレが⁉

「おまえは警察学校を首席で卒業し、研修も短縮（ショートカット）でクリアしたようだが、学校は所詮（しょせん）学校でしかない。研修にしても、一ヶ月で身につけられることは限られている。学校や研修での学びはあくまで基礎であり、イレギュラーの多い現場ではほぼ役に立たない。特にうちではな。現場のノウハウはこれから実地で習得していくしかない。その点、本浄は現場のスペシャリストだ。

いろいろと教えてもらえ」

言い含めるように述べ立てた課長が、煌騎の肩に手を置く。がんばれ、というふうにぽんぽんと叩いて、ふたたび歩き出した。その後ろ姿を、途方に暮れた面持ちで見送る。

警察という機構に於いて、上層部の決定はぜったいであり、課長にも逆らう権限はないということのようだ。

つまり、本浄天音とバディを組むのは決定事項で、どれだけ直訴しても覆ることはない。

もしかしたら、アルファの特権を使えばチェンジ可能かもしれないが、それを行使するのは煌騎のプライドが許さなかった。それをやってしまったら、なんのために現場の刑事にこだわったのかわからなくなる。

「くそ……なんの罰だ」

拳をきつく握り締め、しばらく廊下に立ち尽くした。だがやがて、腹の底からじわじわと熱い情動が湧き上がってくる。

ここに至るまでも、平坦な道程ではなかった。

刑事になると言って母を泣かせたし、父には「そんなものはアルファの仕事ではない」と面罵された。長兄が取りなしてくれなかったら、首藤の家から放逐されていただろう。そうなったとしても自分の意思を貫き通すつもりではあったが。

警察学校でも、慣れない集団生活のなかで、アルファであることを隠し通すのに苦労した。

決して低くはない数々の障害(ハードル)を乗り越えて、ここまで来たのだ。

これは新たに出現したハードルであり、それをクリアした先に刑事としての成長がある。

そう思えば、逆に燃えてくる。

煌騎はくるりと反転し、刑事課に引き返した。フロアに入ったとたん、憐(あわ)れみを含んだ眼差しが自分に注がれるのを感じる。纏(まと)わりつくような同僚たちの視線をスルーして、本浄の姿を捜した。――いた。

デスクに戻っていた本浄は、苛ついていることを隠そうともせず、刺々(とげとげ)しい不機嫌オーラを振りまいている。触らぬ神に祟りなしとばかりに、同僚たちに遠巻きにされているので、三メートル四方に人影はなかった。

固唾(かたず)を呑んで成り行きを見守る課員たちの注目を浴びながら、煌騎は本浄に歩み寄る。

腕組みをして、長い脚を床に投げ出し、背凭れにふんぞり返っている男の傍らに立った。

「本浄さん」

呼びかけてから、両腕を体の両脇にぴたりと沿わせ、体を二つに折り曲げる。人に頭を下げるのは、人生で初めて。そもそもこれまでそういったシチュエーションに遭遇しなかったというのもあるが、「アルファたるもの無闇に頭(こうべ)を垂(た)れるなど言語道断」と教育されてきたせいもある。

初めてバディを組む相手がパワハラ男であることは不本意極まりなかったが、曲がりなりにも職場の先輩だ。そうである以上は、こちらから頭を下げて教えを乞うしかない。

「バディとして至らぬ点もあるかとは思いますが、ご指導のほどよろしくお願いします」

「誰がよろしくなんかするか！」

こちらが礼を尽くせば、相応のものが返ってくると思っていた煌騎は、子供じみた悪態に耳を疑った。

驚いて顔を上げたタイミングで、男が椅子から荒々しく立ち上がる。

「あの狸オヤジ！　足手纏い押しつけやがって！」

狸オヤジが課長で、足手纏いが自分を指しているのだと思い至る前に、本浄がいきなり足元のダストボックスをガッと蹴り上げた。吹っ飛んだダストボックスが柱に当たって床に倒れ、なかのゴミが散乱する。

大人げなく備品に八つ当たりする男を啞然と眺めていると、本浄が顔にかかった前髪を搔き上げ、「ふん」と鼻を鳴らした。

「……まあ、いい。どうせおまえなんか三日ともたねえ……」

自分に対しての誹謗中傷であるのは間違いない。本浄が蔑んだような目でこちらを見ていたからだ。

三日ももたないと言われたのはこれで二度目。わずか三十分あまりで二度言われた。

ふたたびの決めつけにかちんときて、煌騎は白い貌を睨みつけた。すると向き直った本浄が、正面から凄んでくる。

「なんだ、その顔は？　なにか言いたいことがあるのか？」

煌騎は、ゴミが散らばっている床を片手で示した。

「ゴミを拾ってください。あなたが散らかしたゴミです」

本浄が「は？」と意表を突かれた声を出す。意味がわからないといった表情で、煌騎の顔をまじまじと見返してから、「おまえ、ばかなのか？」と訊いてきた。

「ばかじゃありません」

即答する。

「いや、ペーペーの分際で俺に命令するとか、ばかだろ？」

「間違いを正すのに、新人もベテランもありません。自分でやったことは自分で始末をつける。子供でもわかる一般常識です。ゴミを拾ってください」

強く、静かな口調で繰り返す煌騎に、白皙がみるみる険を孕んだ。

苛立ちもあらわに、殺気立った目で、ぎっと睨めつけてくる。煌騎も受けて立った。鋭利な刃物のような眼差しを、瞬きもせずに真っ向から受け止める。ここで怯んだら終わりだと、本能でわかっていた。

「……………」

誰もなにも言わない。咳一つ聞こえない、張り詰めた静寂がフロアに横たわる。

アルファが醸し出す威圧感とはタイプが異なるが、本浄の眼光も強烈だった。わずかでも気を緩めたら、押し負けてしまいそうだ。

体幹のコアにぐっと力を入れ、胸を張って顎を引く。力業でねじ伏せようとしてくる強い視線を、気力で撥ね返し続けた。どれくらい、無言の攻防を続けていただろう。

不意に本浄が「ちっ」と舌打ちをする。

「くそ生意気なガキがほざきやがって！」

忌々しげに吐き捨てたかと思うと、くるりと踵を返した。荒々しい足取りで立ち去ろうとする男を、煌騎は呼び止める。

「待ってください！」

追いかけようとしたが、振り向きざまに「ついてくるな！」と怒鳴りつけられた。

「ついてきたら……殺す」

地を這う低音で威嚇されて、フリーズする。黒い瞳には本気の殺意が宿っていた。

「………っ」

固まっているあいだに、本浄がコートの裾を翻してフロアを出て行く。後ろ姿が見えなくなった瞬間、フロアのあちこちで「はー……」「ふー……」というため息が漏れた。

「緊張したぁ」

「血ぃ見るかと思った」

口々につぶやきながら、ギャラリーと化していた課員が集まってくる。

「……おまえすごいな。あの本浄さんに楯突(たてつ)くなんて」

声をかけてきたのは、眼鏡をかけた一係の課員だ。確か、鏡(かがみ)といった。興奮しているのか、顔が少し紅潮している。

「楯突くとか、そんなつもりは」

「えー、でも面と向かって意見して一歩も引かなかったじゃない。すごいよ！」

やはりテンション高めの声を出したのは瀬尾だ。

「苅谷くんから本浄さんと対等っぽいオーラが出てた！　ガチでやり合って本浄さんのほうが引くなんて、課長以外で初めて見たよ」

そうだ、確かに、とその場の数人がうなずき合う。

「本浄さんとバディなんて組んだら、すぐ潰されちゃうと思ったけど、意外とやれるかも？」

「でも、怒らせてしまったみたいです」

ただでさえ面倒事を押しつけられて苛立っている本浄を、さらに怒らせてしまった。

これからのことを思えば下手(したて)に出るべきだったのかもしれないが、彼の傍若無人な態度がどうしても我慢ならなかった。

たとえどんなに仕事ができても、物に当たったり、人をばか呼ばわりするような尊大な人間は尊敬できない。

「気にするな」

一係チーフの黒木(くろき)が背中を叩いてきた。

「あいつはあれが通常モードだ」

「そうそう、誰にも懐(なつ)かないし、誰にも手なずけられない野生の猛獣ってやつ」

瀬尾が同意する。

「……野生の猛獣」

煌騎は、瀬尾の言葉を噛み締めるように鸚鵡返(おうむがえ)しにした。

比類なき美しさを持つ、とびきり野蛮で獰猛(どうもう)な野獣。

それが――のちのち煌騎の運命を大きく狂わせる――本浄天音との出会いだった。


花街(はなまち)で身元不明の遺体が発見されたのは、くそ生意気な新人を押しつけられた二日後の早朝だった。

　連絡を受けた際、自宅で寝ていた天音は、Ｄ東署には顔を出さずに現場に直行した。そのほうが近いし、早かったからだ。

　天音が臨場した段で、すでに事件現場である歩道橋は黄色いバリケードテープで囲われ、通行止めになっていた。路肩にはパトカーが二台と、救急車が一台停まっている。制服の警察官数名が野次馬を規制していた。

「Ｄ東署刑事課の本浄だ」

　警察官に警察手帳を提示して、バリケードテープをくぐる。ブルーシートの覆いのなかに入ると、鑑識員が忙しそうに動き回っていた。

「本浄、来たか」

　一係のチーフである黒木が気がつき、天音に歩み寄ってくる。

「ホトケさんはまだ若い男だ。死亡推定時刻は、ざっくりと午前四時前後。歩道橋の階段の上から転落したようだな」

　となれば、事故と事件、両方の可能性がある。

「事件の可能性は？」

「検死に回さないとはっきりしないが……首に絞められた痕がある」

「索状痕か？」

索状痕とは、索状物、つまり縄や紐で頸部を絞めたことによってできる痕のことだ。

「いや、扼頸だ」

それに対して、手や腕で頸部を圧迫することを扼頸と呼ぶ。

「扼殺か？」

「予断は禁物。あくまで首に指で絞めた痕があるというだけの話だ。死因は検死待ちだ」

黒木が捜査の基本を口にしたとき、背後から「第一発見者の聞き取り、終わりました」という声が聞こえた。低いがよく通る無駄にいい声に、脊髄反射で、ちっと舌打ちが零れる。

振り向かなくてもわかる。ウザいガキ――苅谷煌騎の登場だ。

ちらっと視線を向けると、今朝も三つ揃いのスーツを身につけた苅谷もこちらを見ていて、目が合った。が、すぐに、苅谷のほうからすっと目を逸らす。

転じた視線を黒木に据え、手帳を開いて報告を始めた。

「発見時刻は今朝の六時頃です。第一発見者の女性が早朝のジョギングをしていたところ、歩道橋の階段の下に、人のようなものが横たわっているのを発見。近寄ってみると、若い男性が俯せに倒れており、血がたくさん流れていた。呼びかけたが反応がなかったため、スマートフォンで警察に通報。警察官と救急隊員が来るまで、触ったり、動かしたりはしていないそうです」

淀みなく報告を済ませた苅谷に、黒木が「ご苦労」と告げる。

「バディのおまえが臨場するまで、苅谷が手持ち無沙汰にしていたんでな。第一発見者の聞き取りを頼んだんだ」

黒木に説明された天音は、ぼそっと低音を落とした。

「好きに使え……俺に断る必要はない」

すると苅谷が、まるでたったいまその存在に気がついたかのように、「本浄さん、おはようございます」と挨拶をしてくる。

「…………」

挨拶には応(こた)えず、天音はそっぽを向いた。

(さっきは自分から目ぇ逸らしやがったくせに)

苅谷が内心、自分を嫌っているのはわかっている。バディを組まされたから仕方なく、先輩であるこちらを立てるフリをしているのだ。

だがそんなのはお互い様だ。

そもそも屋上での初対面から気にくわなかった。警察学校を首席で卒業したなんて情報を耳に入れなくても、ひと目見れば誰だってわかる。こいつがスペシャルなエリートだってことは。

平均値を軽々と上回る高身長。女がキャーキャー言いそうな甘いマスク。バランスよく鍛え抜かれた肉体。血色がよく、キズ一つない鞣(なめ)し革(がわ)のような肌。栄養が行き届いて艶々した髪。真っ白で完璧な歯並び。

誰だって喉から手が出るほど欲しいそれらが、自分に備わっていることを至極当然と享受し、特別なギフトだと思わない傲慢さ。その上、場違いも甚だしく、高価そうな仕立てもののシャツにハイブランドのネクタイ、オーダーメイドの三つ揃いのスーツ、ぴかぴかに磨き上げられたハンドメイドの革靴ときた。刑事の薄給じゃどれも手が出ない代物だ。自慢か？

キャリアでも官僚でも、とっととエリートに相応しい職に就けばいいものを、こんな場末の警察署に着任して、所轄の刑事を「子供の頃からの夢」などとほざく甘ちゃん野郎に反吐が出る。いい年してなにが夢だ。

まあ、こいつがどうなろうと自分には関係ない。とっとと夢砕けて散れ——と思ってたら、課長がとんでもないことを言い出した。

こいつとバディを組んで面倒を見ろだ？　寝言は寝て言え。なんで俺が新人の教育なんかしなきゃならないんだ。

これまで誰とも組まずに成果をあげてきた。組織からはみだしても、きちんと結果を出してさえいれば、個人プレイを黙認されてきた。

なのに今回は「上層部からのお達し」だとかで、「いち刑事にすぎないおまえに拒む権限はない」などと言いやがった。

これまで、諸々の便宜を図ってもらっていたことは事実だ。課長の指摘はいちいちもっともで、悔しいが反論のしようがなかった。ここまで言うということは、課長の力じゃ動かせない案件なんだろう。

頭ではわかっていたが、感情はまた別物だ。席に戻っても腹立ちは収まらず、苛立っていたところに、課長を追いかけて出て行った苅谷が戻って来た。おそらく、やつもバディを組む相手が不満で、直訴をしに行ったに違いない。ほんの少し期待して待っていると、やけに思い詰めた顔で近づいてきて、出し抜けに頭を下げた。

――バディとして至らぬ点もあるかとは思いますが、ご指導のほどよろしくお願いします。

結局、課長に丸め込まれてきたのか。くその役にも立たねえ。

いよいよむかっ腹が立ち、苛立ち紛れに足元のダストボックスをガッと蹴り上げた。吹っ飛んだダストボックスが柱に当たって床に倒れ、ゴミが散乱する。するとあろうことか、苅谷のばかが「ゴミを拾ってください。あなたが散らかしたゴミです」と指図してきた。

耳を疑った。なに言ってんだ、こいつ。

――間違いを正すのに、新人もベテランもありません。自分でやったことは自分で始末をつける。子供でもわかる一般常識です。ゴミを拾ってください。

さらなる偉そうな説教に舌打ちが漏れる。学級委員かよ？

もうこれ以上、こいつの優等生ヅラを見ているのもうんざりだ。フロアから出て行こうとしたら、ばかに呼び止められた。

――待ってください！

追いかけて来ようとする気配を察し、振り向きざまに「ついてくるな！」と怒鳴りつけた。

――ついてきたら……殺す。

最大限の殺気を込めたせいか、さすがにそれ以上は追ってこなかった。

ところがだ。

初日にがつんとかまして懲りたかと思っていたが、敵は思いの外しつこかった。

二日目の朝、天音が出署するのを待ち構えていた苅谷は、その日一日、ぴたっと背後にくっついて離れなかった。

「離れろ！　邪魔だ！」

どんなに邪険に追い払っても、「バディですから」と言い張って離れない。デスクにいても、常に横合いからの視線を感じた。目が合ったが最後、「お手伝いできることはありませんか」攻撃が始まる。ウザいことこの上ない。

「ない。俺の目の前から消えろ」

「消えません。バディですから」

「俺はバディだなんて認めてない」

「認めなくてもバディですから」

押し問答にげんなりして席を立った瞬間、苅谷も立ち上がる。

「どこへ行くんですか？　お供します」

「便所だよ。連れションする気か？」

洗面所に行く体でやっと撒いた。やれやれ、これでようやく一人になれる。ストレスでハゲそうだぜ。煙草に火を点けながら、屋上のドアを開けた。

「もちろんご存知だと思いますが、署内は禁煙です。もしよかったら、これを使ってください」

先回りしていた苅谷に携帯灰皿を差し出され、「死ねっ」と叫んだ。

完全にストーカーだ。

二日目の夜にはイライラもマックス。退署してからもむしゃくしゃした気分はいっこうに晴れず、普段の倍の本数の煙草を灰にするに至って、天音は決めた。苛立つだけ損だ。とにかく無視。やつがなにを言ってきても取り合わず、オールスルーする。

そう腹を据え、家にあったアルコールを片っ端から呷って意識を失うようにベッドに倒れ込んで——熟睡していたところを緊急呼び出し音に叩き起こされたというわけだ。

駆けつけた現場で忌々しい新人の顔を見て、昨日の苛立ちが蘇るのと同時に、今日が予告の三日目だと気がついた。

三日もたないと宣告したからには、今日中に辞めてもらわないと立つ瀬がない。

（まあ、まだ始まったばかりだからな。日付が変わる前には、辞表を出させてやる）

腹のなかで目論んでいると、黒木が「まずは身元の特定だな」と言った。

「身元を特定できるものは？」

「なにも身につけていない。国民番号カードも不携帯。よってカテゴリーも不明だ」

「そうか。ちょっとホトケさんを拝んでくる」

鑑識作業がひととおり完了したのを見計らい、天音は遺体に向かって歩き出した。

「俺も行きます」

当然のごとく、苅谷も同行を申し出てくる。ついてくるな！　と追い払いたいのをぐっと堪(こら)えた。

（スルーだ、スルー）

両手を合わせて拝んでから、手袋を嵌(は)め、血だまりに横たわる遺体の検分を始める。俯せで顔は見えないが、まだ若い男であることは、露出している首筋や腕、足首から推測された。体形はかなり華奢(きゃしゃ)で、身長も高くない。百六十センチ台の後半から、いっても百七十というところだろう。服装は白い長袖シャツに、黒のスキニーパンツという組み合わせ。足元は裸足(はだし)に黒のフラットシューズだ。

全身をチェックしたのちに、今度は顔が見える位置に移動する。首には、確かに黒木が言っていたとおり、生々しい扼頸の痕跡が見て取れた。肌が白いので、はっきりと指の痕までわかる。

角度的に、顔は右側の三分の一ほどが見えていた。目は開いたままで、さらさらの黒髪が目許にかかっている。

「……んん？」

KEEP OUT
KEEP OUT
KEEP OUT

視界に映る〝画(え)〟に引っかかりを覚えた天音は、コンクリートに両手と両膝を突き、上半身を屈(かが)めた。遺体にできるだけ顔を近づけ、間近から、二度と動くことのない黒曜石のような瞳をじっと見つめる。

「どうかしましたか？　なにか気にかかる点でも……」

苅谷の訝しげな声が上から聞こえてきたが、それには取り合わず、目許にかかっている髪をそっと掻き上げた。右の眦の際にほくろを認める。いわゆる泣きぼくろというやつだ。

それを確認すると、今度は遺体の右腕を摑み、裏返した。

「遺体に触ってもいいんですか？」

苅谷が非難めいた口調で尋ねてきたが、引き続きスルーして、シャツの袖を引っ張り上げる。カフスで隠れていた手首があらわになり、ヤモリを模した入れ墨が現れた。

（……やはり……）

天音はぎゅっと唇を噛んだ。

思い違いならばいいと願ったが、それは叶わなかった。

ふーっと深い嘆息を零しつつ、立ち上がる。もう一度、遺体に向かって手を合わせた。冥福(めいふく)を祈ってから振り返ると、すぐ後ろに立っていた苅谷と目が合う。物問いたげな眼差しから視線を逸らし、天音は「チーフ」と呼んだ。

鑑識員と話をしていた黒木が呼びかけに反応して、こちらに向かってくる。

「どうした？」

天音は手袋を外しながら、黒木に告げた。

「ホトケの身元がわかった」


遺体の名前はショウ。しかし、これが本名なのかはわからない。

ショウは、花街の娼館に所属する高級男娼（エスコート）だったからだ。源氏名であった可能性が高いが、本人が死んでしまったいまとなっては、本名に辿り着ける確率は限りなくゼロに近い。

天音がショウと初めて会ったのは、半年ほど前だ。自主的にディープダウンタウンを巡回していた際、深夜の路地裏で、酔っ払いの暴行現場に遭遇した。

「やめてっ……やめてくださいっ」

悲鳴をあげる被害者に馬乗りになっている中年男を、後ろから引っぱがし、二発ほど顔面を殴りつけ、路地から蹴り出した。

助けてみれば、被害者はまだあどけなさの残る少年だった。年の頃、十六、七歳といったところか。華奢で小柄で、透けるように色が白く、目鼻立ちが整っていた。細い眉、すっきりとした一重の切れ長の双眸（そうぼう）と、薄い唇。右の眦に小さな泣きぼくろがあり、儚（はかな）げな美貌をいっそう艶(なま)めかせている。

一目見て、オメガだとわかった。ただ顔かたちが整っているだけではなく、独特のフェロモンを漂わせていたからだ。おそらく酔っ払いも、このフェロモンに引き寄せられたのだろう。

少年のほうは天音を刑事とは知らずに、震え声で感謝の言葉を口にした。

「助けてくださって……ありがとうございました」

うっすら目に涙を浮かべた少年からは、スレた印象は微塵(みじん)も受けない。よく見れば、上質な衣類に身を包んでおり、立ち居振る舞いにもどことなく品がある。明らかに、物騒な裏路地にそぐわない人種に見えた。

自分の身を守る術(すべ)を持たないオメガが、人気(ひとけ)のない繁華街の裏道をうろうろするなど自殺行為だ。つい、小言が口をついた。

「こんな時間に一人でうろついていたら、襲ってくれと言っているようなもんだぞ」

事実、自分が通りがからなかったら、あの酔っ払いに確実にレイプされていた。

「すみません……」

素直に謝ったということは、向こう見ずな行為をしたという自覚があるのだろう。

「おまえ、未成年だろ？　親は？」

「……………」

黙って首を横に振った。いないってことか。

「しょーがねえな。家はどこだ？　送ってってやる」

「いえ、そんな……大丈夫ですから」

「ガキが遠慮すんな。ここに放り出していって、また襲われたらこっちの夢見が悪い」

恐縮するショウに、やや強引に道案内をさせた。道すがら、少年からショウという名前を聞き出し、「俺は天音だ」と名乗った。刑事であることはあえて伏せる。深夜の巡回は公務とは別の、あくまで個人的な行動で、公にしたくなかった。

ぽつぽつと会話を交わしてわかったのは、ショウが聡明であることだった。学があるわけではないが、受け答えに地頭の良さを感じる。

やがてショウが足を止めたのは、花街の娼館の裏口だった。花街内でも、男女ともに売り子のレベルが粒ぞろいで有名な高級娼館だ。

「ここか？」

「……はい」

気まずそうに、ショウがうなずく。その顔には、できれば自分の素性を知られたくなかったと書いてあった。

「そうか……」

オメガはオメガでも、少年が〝野良オメガ〟であることを知って、天音の胸中に複雑な心情が渦巻く。

まだ子供だ。なのに、春をひさいで日々の糧を得ている。野良オメガは、そうするしか生きる術がないからだ。

「あの……わざわざ送ってくださってありがとうございました」

律儀に頭を下げるショウに、天音は尋ねた。

「一つ訊いてもいいか。今日はどうしてあの場所にいたんだ？」

娼館の売り子は、商品として厳しく管理されている。深夜に一人で出歩くなど、まずもってあり得ない。ショウがあそこにいたということは、リスクを冒して娼館を抜け出してきたということにほかならなかった。それがオーナーにバレれば、おそらく懲罰を受けるだろう。そうまでして、なんのためにという疑問が拭えない。

ショウはしばらく迷う素振りを見せていたが、ほどなく、躊躇いがちに口を開いた。

「発情期の抑制薬を手に入れるためです。あのあたりに、闇ルートでピルを処方する医者がいると聞いて……」

一年前、十六歳でヒートが始まったが、自分は国民番号を持っていないので、ピルを飲んだことはない。職業上、ヒートはコントロールしないほうがいい。オーナーにもそう言われている。

むしろヒートは武器なのだと。

でも自分は、ヒートをコントロールしたい。月に一度訪れるヒートを抑制して、普通の生活が送りたい。できれば、いまの籠の鳥のような暮らしから抜け出したい。

「それで、場所もわからないのに、不確かな情報を元にディープダウンタウンに出向いたのか」

「もちろん、ピルを手に入れたところで、いますぐどうにかなるわけじゃないのはわかっているんです。足抜けするには、まとまったお金を貯めなきゃいけない。でも、今日は監視が緩やかだったので……じっとしていられなくなって……」

「監視の目を盗んで抜け出したってわけか」

　野良オメガは、ヒートが始まる年齢まで、娼館のオーナーに住む場所を与えられ、生活費を肩代わりしてもらうことが多い。子供時代は細々とした雑用をこなして暮らすが、十代後半でヒートが始まれば、売り子としての生活が始まる。

　オーナーは商品であるオメガを磨いて価値を高めるために、一流のエステティシャンやヘアメイクアーティストを雇い、専用の衣装を仕立て、宝石で飾り立てる。

　そうした先行投資は、売り子たちの借金になる。売れっ子になって、借金をきれいさっぱり返済して独立する者もいるが、ショウの年齢ではまだまだ先の話だ。

　売り子たちにアルファやエリートベータのパトロンがつけば、自由こそないが、かなり贅沢な生活が送れる。ちやほやとスポイルされて、享楽的な生活に耽溺する者も多いなか、どうやらショウはストイックな質であるらしい。

　現在の境遇に甘んじることなく、夢を叶えたいと願うのは悪いことではないが、こと野良オメガに限って、それは茨の道だ。

「だが、さっきの件で、あの一帯が危ないことは充分わかっただろう。下手すりゃヤられるだけじゃ済まずに殺されていた」

わざとキツい物言いで釘を刺すと、その可能性に今更思い至ったのか、ショウが青ざめる。

「もうあそこには行くな。いいな？」

「二度と行きません」

ショウは生真面目な表情でそう誓ったが、なんとなく後ろ髪を引かれる思いに駆られ、別れ際にメールアドレスを交換した。

「じゃあな」

「今日は本当にありがとうございました」

娼館の裏口の前で振り返ったショウが、「おやすみなさい」と言って手を振る。そのとき初めて、彼の右手首にヤモリの意匠の入れ墨が彫られているのを知った。

無謀な行いから身を危険に晒したことを反省したらしいショウからは、後日改めて、謝辞のメールが届いた。それに天音も返信し、以降もぽつりぽつりと、やりとりが続いた。

やりとりのなかで、ショウは口癖のように何度も【普通の生活がしたい】と書き綴ってきた。

煌びやかで贅沢な暮らしなど望まない。

欲しいのは、ごくごく普通の、平凡な生活。

誰にも監視されない日常。

自分で自分をコントロールできる自由。

十七歳という年相応の――青春。

気持ちはわかるが焦りは禁物だと、天音はメールで言い聞かせた。

【諦めさえしなければ、いつか必ずチャンスが来る。それまでは我慢しろ。くれぐれも先走って無茶はするな】

【わかっています。いまは辛抱のときだと思っています】

もともと素直な性格のようだが、天音には恩義を感じているからなのか、神妙なレスが返ってきた。

【天音さん、いつかもう一度会って、話を聞いてもらってもいいですか】

【ああ、そのうちにな】

そう約束したのは三ヶ月ほど前だったか。

そのメールを最後に、ショウからの連絡は途絶えた。頭の片隅で気にかかっていたが、事件で忙しかったせいもあり、こちらからメールを送ることはしなかった。

早晩、また向こうから連絡が来るだろうと軽く考えていた。

まさかメールより先に、遺体のショウと対面することになろうとは、ゆめゆめ思いもしなかったのだ。

直後に行われた検死解剖の結果、ショウの死亡推定時刻は明け方の四時頃であることが判明した。午前四時前後ではないかという推定が、これで確定事項となった。
扼頸痕があったが、それが直接の死因ではなかった。死因は全身を強く打ったことによる外傷性ショック死。

しかし単なる事故死ならば、扼頸痕はつかないはずだ。
首を絞められたあとで、歩道橋の階段から突き落とされたのではないか。
天音はそう推測したが——。

「手を引け!?　どういう意味だ！」

課長のデスクにばんっと両手を突き、天音は声を荒らげた。背後に立つ苅谷が身じろぎし、刑事課の課員が一斉にこちらを見たのを背中で感じたが、そんなことには構っていられない。

「いま言ったとおりだ。死亡した少年の体内からは、多量のアルコール成分が検出された。酔って歩道橋の階段を踏み外して転落。或いは自分で飛び降りた。その際に全身をしたたかに打ち、ショック死したと考えられる。従ってこれは事故死、もしくは自死であり、事件性はない」

わざとなのか、無表情の仮面を装着した課長が、淡々と口述した。

「事件性がない⁉　じゃあ首を絞められた痕は？」

「多量のアルコールを呑んで、客とその手のプレイでもしたんだろう……というのが上の見解だ」

「……っ」

ひどいこじつけに、ぐっと奥歯を噛み締める。

その手のプレイ――首を絞めながらのセックス。いかがわしい男娼ならば、それぐらいのことはするであろうというゲスな決めつけに、はらわたが煮えくり返る。

死人に口なしとばかりに、どんな汚名を着せてもいいというのか。

思わず厳つい顔を睨みつけたが、本当の敵は目の前の課長ではないことくらい、天音にもわかっていた。

上の見解とは、詰まるところ、署長の意向だ。

ショウが野良オメガだとわかったとたん、上層部が捜査に消極的になった空気は感じていた。

野良オメガの存在は、警察機構に於いてもアンタッチャブル案件だからだ。

警察幹部のキャリアにも花街に出入りしている者が多数いる現状を踏まえれば、そこは不可侵領域とせざるを得ない。いち所轄にすぎないD東署のトップとしては、藪をつついて蛇を出す前に、さっさと事故死で片付けてしまいたいというのが本音だろう。

さらに言えば野良オメガの場合、事故死という結論を不服として、訴え出る親族もいない。ショウのケースでは、身元引受人は娼館のオーナーになるだろうが、そのオーナーは職業柄、なるべく警察とは関わりたくないはずだ。

「……捜査は打ち切りってことか?」

天音の低音の確認に、課長が重々しくうなずいた。

「この件は我々の管轄外だ。これ以上は踏み込むな」

そう言われて、はあ、そうですかと納得できるわけがない。

「…………」

上長の命令にはコメントを返さずに、天音はデスクから手を離し、踵(きびす)を返した。

「本浄(ほんじょう)、勝手な真似はするなよ。わかってるな?」

後ろから念押しの声が飛んできたが、聞こえないフリをする。

検死結果を待つあいだに周辺の聞き込みをしたが、死亡推定時刻が人や車の往来が途切れる時間帯であったため、目撃者は見つかっていない。また運悪く、現場は監視カメラの死角になっていた。いまのところ、署長の決断を覆(くつがえ)すだけの材料がない。

このままでは、まともな捜査も行われずに、ショウの死は闇に葬り去られてしまう。

(そうはさせるか)

組織が動かないのならば、単独でやるまでだ。

「本浄さん」

フロアを出たところで、苅谷が肩を並べてくる。

聞き込みで現場周辺を回った際も、勝手についてきて、天音の斜め後ろでメモを取ったり、スマートフォンで写真を撮ったりと、捜査の真似事をしていた。まるでそこにいないようにスルーし続ける天音に対して、苅谷は苅谷で「あくまで無視するならば独自の裁量で動く」と決めたらしい。会話がないままに行動を共にするという、居心地の悪い状態が続いていた。

「捜査、継続するんですよね？」

「………」

ひさしぶりの問いかけだったが、こいつの質問に答える必要も義務もない。

黙って歩き続ける天音に、苅谷が「俺も同行します」と宣言してきた。

「俺にとっても初めての事件です。こんな形での打ち切りは納得できません。もし事故であったとしても、その確証が得られるまで捜査を続けましょう」

ぴたりと足を止める。顔を横に向けて視線を合わせた天音に、苅谷がじわじわと瞠目した。

これまでスルーし通しだったので、リアクションがあったことに驚いたようだ。

「青くせえ正義感振りかざしてイキってんじゃねえぞ……クソガキ」

面食らった様子の新人を睨みつけ、ドスの利いた声で凄む。ただでさえ捜査打ち切り命令で苛立っていたところに、上から目線の素人から偉そうな物言いをされ、忍耐の限界を超えていた。

「なんにもわかっちゃいねえくせに」

「……本浄さん」

「いいか？　上の命令に背いて動くからにはリスクも負うことになる。まだぺーぺーの下っ端がいきなりデカいペナルティ食らう可能性だってあるんだ。派出所に飛ばされて、制服で何年も塩漬けになる可能性だってあるんだぞ？　おまえにその覚悟があるのか？」

「……それは……」

「俺にとっては、おまえの存在自体が足手纏いでリスクだ。捜査の打ち切りに納得できないなら、大人しく机に座っていろ。それがおまえにできる唯一の〝貢献〟だ」

嫌みったらしく言い放った当てつけに、苅谷がくっと眉根を寄せ、口惜しそうに唇を引き結ぶ。

（ざまーみろ）

生意気なガキをやり込め、ほんの少し溜飲を下げた直後だった。気を取り直したかのように表情を改めた苅谷が、天音の目をまっすぐ見据えて、強い口調で言い返してくる。

「足手纏いではないことを――俺とバディを組むメリットを証明してみせます」

「……………あ？」

喉の奥から変な声が漏れた。

その根拠のない自信は一体どこから湧いてくるんだ？

思いっきり突っ込んでやりたかったが、これ以上、こいつのために時間と労力を割くのは無駄だと思い直した。

　ふいっと視線を元に戻して歩き出す。一定の間隔を置いてついてくる苅谷のことは、脳裏から完全にシャットアウトした。


　にもかかわらず、である。

　十五分後、天音は苅谷が運転する車の助手席にいた。なぜこうなったのかといえば、天音のバイクがエンストを起こしたのが元凶だ。

　しつこい男をやっと振り切り、地下駐車場まで下りて、愛車に跨ったところで、そのトラブルは起こった。もともとがヴィンテージであることに加え、ここ最近忙しさにかまけてメンテナンスを怠っていたのが仇になった。

　宥めても賺しても頑なに動こうとしないバイクを駐車場に残し、地下二階からエレベーターで地上に上がった天音は、仕方なく歩道を歩き出した。目的地までは、D東署から徒歩で三十分ほどの距離だ。タクシーを拾うつもりだったが、こういうときに限って空車が走っていない。やっと一台通ったので、手を挙げて止めたが、行き先を告げたとたん乗車拒否された。

「くそドライバーが！」

苛立って足踏みしていると、シルバーボディのツーシーターがすうっと後ろから寄ってきて、パワーウィンドウが音もなく下がる。

「本浄さん、乗っていかれませんか？　目的地までお送りします」

まるでナンパだ。ナンパ師ならぬ運転席の苅谷を横目で一瞥して、すぐに正面を向いた。

「徒歩移動は効率が悪いと思いませんか。課長の命に背き、水面下で行動するなら、短期決戦で片をつけるべきです。あの少年の死の真相を一刻も早く突き止めるためにも、時間はできるだけ短縮すべきです」

天音の歩調に合わせたのろのろ運転で車を走らせながら、苅谷が説得の言葉をかけてくる。

確かに、苅谷の指摘は間違っていない。間違ってはいないが、だからといってホイホイ誘いに乗るのは癪だった。

意地を張って歩き続けているうちに横断歩道にぶつかる。目の前で信号が赤になり、ちっと舌打ちをした刹那、ツーシーターの運転席から苅谷が降りてきた。車道側に回り込んで、助手席のドアを開ける。

「どうぞ」

まるで女をエスコートするかのごとく、手慣れた一連の動作に、天音は露骨に顔をしかめた。

しかし苅谷は臆する様子もなく、天音をまっすぐ見つめて申し出る。

「俺を利用してください。今日一日、あなたの足になります」

「…………」

「決して本浄さんの邪魔はしません。約束します」

真剣な眼差しで誓われ、心がぐらついた。先程の苅谷の指摘は図星で、今日はたまたまフリーで動けるが、いつ何時次の事件が起きるかわからない。一秒だって、無駄にできる時間はなかったからだ。

「……本当だな？」

「はい」

にっこり微笑む苅谷と対照的に、天音は憮然とした顔つきで車道に下りて、助手席に乗り込む。助手席のドアを閉めると、苅谷も運転席に戻った。

苅谷のツーシーターは、流線型のシルバーボディに黒い本革のエクステリアで、二十二、三の若造が乗るような車じゃなかった。身につけているスーツのみならず、車までセレブ仕様とは。

(ガチで、本物のお坊ちゃんかよ)

「新人のくせに車通勤とはいいご身分だな」

「職務規定に違反はしていませんので」

「……ふん」

「どちらに向かわれますか？」

「花街」

「わかりました」

苅谷がナビを操作して、信号が変わるのと同時に発車させる。

（そこまで言うなら「足」として利用させてもらうが、それだけだ）

馴れ合ったりはしない――そう心のなかでひとりごちた。

空調の絶妙な温度設定といい、シートの適度な固さといい、なめらかな走行感といい（若干はドライバーの腕もあるかもしれない）乗り心地は抜群だったが、あえて口にしなかった。そんなことを言ったら、こいつがつけ上がるだけだ。

「遺体の少年が花街の娼館に所属するオメガだったと知って、周辺事情を調べてみたんです」

しばらく車内に横たわっていた沈黙を破るように、苅谷が口を開いた。

「彼のように、国民番号を持たないオメガを〝野良オメガ〟と呼ぶんですよね」

ステアリングを握りながら、問わず語りに話し出す。

「国民番号を持たず、国に管理されていない人たちが存在することは、知識としては知っていましたが、実際に接するのは初めてです。国民番号がなければ、学校にも行けず、就職もできず、医療機関にもかかれない。しかも彼らはセーフティネットに救済されることもなく、アンタッチャブルな存在として、事実上放置されている」

こちらのリアクションを期待しているわけではないらしく、相槌がなくても勝手に一人で話を進めていくので、天音は独り言を聞かされている形だ。

「野良オメガは発情期期間中も抑制薬を飲まず、セックスワーカーとして働かされている。遺体の少年も未成年と思われます。そんな、まだ子供と言ってもいい年齢の少年少女たちを性の道具として扱うことを、政府が黙認しているなんて信じられません」

押し殺したような抑揚のない声から、苅谷が本気で憤りを感じているのが伝わってくる。

一方の天音は、別の感慨に気を取られていた。

(信じられません、か)

世の中には、野良オメガと一切の接点を持たずに、ここまで生きてこられるような恵まれた人種がいるのだ。

(ま、こいつに花街は必要ないもんな)

育ちがよくて頭脳優秀でルックスも極上――わざわざ金を出して性欲を発散しなくても、いくらでも女が寄ってくるだろうし、よほど特殊な性的嗜好を持ってない限り、娼館の世話になる必要もない。そこで働く野良オメガを知らなくても不思議はなかった。

実のところ、国民の過半数は、花街やスラムに足を踏み入れることなく一生を終えるはずだ。ショウのように、自由を渇望しながら、手に入れられずに死んでいく命を知らないまま……。

「……野良オメガの親も、野良だ」

ぼそっと低音を落とした天音に、苅谷がちらっと視線を寄越す。相手にするつもりはなかったが、この恵まれた男に、対極にある存在を知らしめたいという欲求に抗えなかった。

「避妊することなく行為に及んだり、レイプされたりで、野良オメガは誰の子種かわからない子供を妊娠する確率が高い。まともな産院にかかれない彼らは、自力で産むか、ろくな設備もない闇医者にかかるか……いずれにせよ、出産で命を落とす者も多い」

「………」

案の定、苅谷はショックを受けているようだ。

「産んだあとも問題が山積みだ。肉体を酷使するからなのか、はたまたまともな医療機関にかからないせいか、野良オメガは短命に終わることが多い。国民番号を持たない上に、幼くして親を失った子供は、生きていくために娼館に身を寄せるしかない。成長してヒートが始まれば、親同様に春をひさぐようになる。そうやって、連綿と負の連鎖が続いていく……」

「政府は……どうしてそんなひどい状態を見て見ぬふりをしているんですか」

「そのほうが都合がいいからだ」

「都合がいい？　どういうことですか？」

食らいつくように、追及の言葉を重ねてくる苅谷を、天音は冷ややかな横目で見やる。

「おまえな、少しは頭を使えよ」

呆れた声を出すと、苅谷は端整な貌（かお）に恥じ入るような表情を浮かべた。

「この世に生まれながらの階級（カースト）がある限り、人間はフラストレーションを感じる。ベータは逆立ちしたってアルファにはなれない。どんなに優秀でも、どれだけ努力したとしても、ベータに生まれたってだけで、アルファの下位に甘んじなければならないんだ。理不尽だろ？」

　苅谷がぴくっと眉尻を動かす。直後、なぜか苦しげな顔つきをした。

「世の中には、フラストレーションを受け止める存在が必要で、その役割を担っているのが野良オメガだ。自然の狼の群れに序列があり、弱い個体であるオメガ狼が、ベータ狼の憂さ晴らしの対象になるのと同じだ。……それでもまだ、狼の群れは実力次第で序列の入れ替えがあるだけマシだが」

「……………」

「花街はこの国が抱える必要悪とされている。日々ストレスに晒され続けている人間は、娼館という非日常空間で、美貌の野良オメガを抱き、精液と一緒に溜まった鬱憤を発散して、また理不尽な日常に帰っていく。カースト制度を維持し、国を円滑に運営して行くためにはガス抜きが必要だと、政府は考えているのさ」

　めずらしく神妙な面持ちで、苅谷は天音の言葉に耳を傾けていた。

「国がそう思っている限り、野良オメガはカーストの最下層のままで、負の連鎖は改善しない。だが、最下層だからといって、犬死にしていいわけがない」

　みずからに言い聞かせるように、天音はひとりごちる。

　野良オメガが一人いなくなったところで、世間には毛ほどの影響も与えない。世の大多数の人間にとっては、まったくもってどうでもいいことだろう。

だからこそ自分だけは、死因にこだわりたい。どんな死に際だったのかをきちんと明らかにしてから、その死を悼(いた)みたい。

　そうしたからといって、ショウが生き返るわけではないとわかっているが……。

　改めて自分の意思を確認しているあいだ、横合いからの視線を感じた。黙り込んだ天音の様子をちらちら見ていた苅谷が、やがて痺れを切らしたように「本浄さん」と呼びかけてくる。

「俺にもなにかできること……」

「おっと、無駄話は終わりだ。その建物の前で停(と)めろ」

　新人の申し出を遮るように命じ、苅谷が車を停めるやいなや、ドアを開けて助手席から降りた。苅谷も運転席から降りてきて、天音の傍(かたわ)らに並び立つ。

「ここが、彼が所属していた娼館ですか」

　確認の問いかけには答えずに、目の前の、二階建ての建物をじっと見据えた。長屋風の木造建築で、壁は朱塗り。屋根は瓦葺(かわらぶき)だ。二階部分は、要所要所に金色の擬宝珠が飾られた朱色の欄干(らんかん)に囲われており、その奥に障子窓(しょうじまど)が並んでいる。一階部分は間隔の狭い木の格子(こうし)で覆われていて、外から家屋の様子を窺(うかが)い知(し)ることはできない。

　近代建築とは趣が異なるが、かといって使われている木材にさほど年季は感じられない。どうやら、あえて古めかしい造りにしているようだ。

　瓦屋根を戴(いただ)いた正面玄関の上部には、横長の木の看板が掲げられ、『守宮屋(やもりや)』という屋号が記されていた。玄関の左右に立つ朱塗りの柱には、金のヤモリのオブジェが左右に一つずつ張り付いている。ショウの右手首にあった入れ墨と同じ意匠だ。

　半年前、ショウの入れ墨を見て気になり（ファッションでタトゥを入れるようなタイプに見えなかったからだ）調べた結果、守宮屋の売り子は全員同じ意匠を入れていることがわかった。借金を返して独立した暁（あかつき）には消すことができるらしいが、それまでは「店の所有物である」証（あかし）を身に帯びて生きていくことになる。一種の枷（かせ）のようなものだ。

　あの晩、ショウをここまで送ってきたときには、こんな形で再訪することになるとは露も思わなかった。

　複雑な思いを胸に玄関まで歩み寄って、インターホンを押す。ほどなくして女の声で『はい』と応答があった。

　天音は警察手帳を取り出し、カメラの前に翳（かざ）す。

「ダウンタウン東署の者です。こちらのオーナーに少しお話を伺いたいのですが」

『警察？　どういったご用件ですか？』

「こちらの専属だったショウさんが、今朝方遺体で発見されました」

　インターホンの向こうで息を呑む気配がした。

「その件について、オーナーに話を伺いたいと思っています」

『しょ……少々お待ちください』

動揺した声が告げて、ブツッと応答が途切れる。

「少年の死を知らなかったようですね」

斜め後ろに立った苅谷が私見を口にした。続けて「オーナーは事情聴取に応じるでしょうか」とつぶやく。天音がじろっと横目で睨みつけると、取りなすような落ち着いた声音で「わかっています。邪魔はしません」と言った。

五分ほど待たされたあと、引き戸の向こうでカチャカチャと鍵を回す音が聞こえ、カラカラと引き戸がスライドして、女が顔を覗かせる。年の頃は二十代後半から三十代頭くらい。目鼻立ちのはっきりとした美しい女だ。シンプルなデザインの黒いワンピースを身に纏い、長い髪を一つにまとめて背中に垂らしている。

天音はさりげなく女の右手をチェックした。七分丈の袖から覗く手首に、ヤモリの入れ墨がある――ということは彼女もここの専属で、野良オメガ。

「あの……ショウが死んだというのは本当ですか？」

青ざめた顔で確認してくる女に、逆に「彼がいなくなったことに気がついていましたか？」と問い返す。

「……はい。今朝はいつもの時間に起きてこなくて……館内のどこにも姿が見えず、みんなで手分けして捜していました」

捜してはいたが、警察に届け出はしなかったようだ。

「そうですか。オーナーは？」

「こちらでお会いします。どうぞ」

女が体を退き、天音と莉谷をなかに入れた。

広々とした吹き抜けの土間に足を踏み入れる。引き戸を背にして右手に、二階に上るための箱階段が設置されており、正面には格子の襖が見えた。

案内役の女がなにも言わなかったので、土足のまま板敷きの室内に上がる。格子の襖を開いて奥へ入っていく女に、天音と莉谷は従った。右折、左折と二度角を曲がって、さらに廊下を進んだ女が、突き当たりの部屋の前で足を止める。

木の引き戸を開け、「お入りください」と、先に天音と莉谷を部屋に通した。二人が入室してから自分も室内に入って、引き戸を閉める。

天井の高いその部屋には、独特なにおいが立ちこめていた。あちこちで焚かれている香が、においの元らしい。柱や壁、天井——部屋のあちこちに、ヤモリの意匠が散見される。一番大きなヤモリは、正面の祭壇のような場所に奉られた、金のモニュメントだ。ヤモリは古来「家を守る」とされているから、縁起を担いで屋号にし、奉っているのかもしれない。

ギラギラと輝く黄金のモニュメントを背に、巨大な肘掛け椅子が据え置かれ、一人のでっぷりと太った中年女が座していた。全身を真紅のサテン生地の衣装ですっぽりと覆い隠し、首許、手首に大ぶりのアクセサリーをじゃらじゃら着けている。耳には金のフープピアス。引っ詰めた髪を頭のてっぺんで団子状にまとめ、かんざしを挿していた。

派手な身なりに負けないくらい、メイクも濃い。山なりに描かれた眉。真っ赤なルージュと黒々としたアイライン。バサバサと音がしそうなつけまつげ。白塗りのせいで、大きな顔が余計に大きく見える。

そこにいるだけで強烈なインパクトを放つ中年女が、どうやら娼館『守宮屋』の元締であるらしかった。ここまで案内してくれた女が部屋を横切り、オーナーの斜め後ろに静かに控える。

「あんたたち、警察だって?」

真っ赤な口が開き、見た目のイメージを裏切らないガラガラ声が問いかけてきた。天音は改めて、二人に向かって警察手帳を提示する。

「ダウンタウン東署の者です。『守宮屋』のオーナーのカンナさんですか?」

「そうだけど……ショウが死んだっていうのは本当なの?」

「残念ながら本当です。今朝方、ダウンタウンで遺体が発見されました」

顔をしかめたオーナーが、「なんてこと……」と低く唸(うな)った。ショウの死に衝撃を受けているようだが、それがショウ個人を失ったことに対するものなのか、商品の損失に対するものなのか、現時点で判別はつかない。

「ご心痛の折に恐縮ですが、二、三、質問させていただいてよろしいでしょうか」

それを合図と受け取ってか、天音の傍らで、苅谷がメモを取り始めた。

「ショウさんがいなくなったのに気がついたのはいつですか」

「あたしらが気がついたのは朝の七時過ぎだけど」

「こういったことは前にもありましたか？」

オーナーが首を横に振る。

「……ショウは真面目な子だった」

半年前に一度、ショウは娼館を抜け出して天音に会っているが、そのときの脱走には気がついていないようだ。

（アレに気がついていないとなると、その後もショウが監視の目を盗んで、ちょくちょく抜け出していた可能性はある）

「部屋に鍵はかかっていましたか？」

「外から鍵をかけてあったし、定期的に見回りもしていた。……でも、どうやら窓から抜け出したようだね。まさか、あの子がそんな真似をするなんて思わなかった」

ショウの予想外の行動に裏切られた気分なのか、オーナーの顔が不機嫌になる。忌々しげに眉根を寄せ、ガラガラ声を発した。

「……ショウはどんな死に方をしたの？」

「歩道橋の階段から転落して、全身を強く打ったことによるショック死です」

ここまで案内してくれた女が、口に手を当てて、柳眉（りゅうび）を痛ましそうにひそめる。

「検死によって、死亡推定時刻は今朝の四時頃との診断が出ています」

「それは事故？　それとも……」

　オーナーは最後までは言葉にせず、語尾を濁した。

「いま死因を調べているところですので、ご協力いただけますと助かります。ショウさんには、夜中にこっそり抜け出してまで会いたいと思うような相手がいたんでしょうか。心当たりはありますか？」

「わからないけど、遊び友達はいなかったと思う。無口でね。いつも一人で本を読んでいるような子だった」

「たとえば、仲間割れのようなことは？」

「ないよ。あの子はそもそも群れなかったし、ほかの売り子と客を取り合うようなこともなかった」

「そうですか。よろしければ、ショウさんを指名していた贔屓筋のリストを見せていただけないでしょうか」

　頃合いを見計らい、ここに来た一番の目的を切り出したとたんに、オーナーの顔つきが変わる。アイラインのくっきり入った眦を吊り上げ、「それは無理！」と拒絶した。

「ショウさんと関わりのあった人間のアリバイを調べるためです。ご協力をお願いします」

　天音の重ねての要請に、オーナーが苛立った様子で椅子から立ち上がる。

「勝手なことをお言いでないよ！　うちはね、信用商売なんだ。顧客を警察に売るなんて真似できるわけないだろう？　そんなことしたらたちまち噂になって商売あがったりだよ！」

　大きな体をぶるぶる揺すって殺気立った声を発したかと思うと、どんっと足を踏み鳴らした。心なしか、部屋全体が揺れたような錯覚に陥る。

「これ以上はなにも出ないよ！」

「そう言わずにもう少し話を……」

「おしまい！」

　粘ろうとする天音をぴしゃりと遮ったオーナーが、すごい勢いで引き戸を指差した。

「とっとと帰りな！」


　肝心の顧客リストを入手できないまま『守宮屋』から追い出された天音は、「くそっ」と悪態をつき、モッズコートのポケットを探った。煙草のパッケージを取り出して、揺すった拍子に飛び出た一本を唇に咥える。カチッ、カチッとライターで火を点ける天音の横で、苅谷がひとりごちた。

「あのオーナーは、大事な商品であるショウの死でメリットがありませんよね。また案内役の女性にしても、我々が訪れるまでショウの死を知らなかったようでした」

「……だからなんなんだよ？」

尖った低音で切り返すと、苅谷は思案げな面持ちで「もし仮にこれが事件であった場合でも、あの二人は容疑者候補から外していい気がします」と答える。

「……ふん」

「さらに売り子同士の仲違いもなかった……となると、身内の犯罪のにおいがしない」

「いっちょ前ににおいだ？　おまえは犬か」

ツッコミを生意気にもスルーして、苅谷が「ところで」と話を転じる。

「案内役の女性ですが、オーナーからの信頼が篤いようでした」

「………」

それに関しては、天音も異論はなかった。

部屋に入ったとき、彼女はまるでそこが定位置であるかのように、ごく自然な立ち居振る舞いでオーナーの斜め後ろに立った。『守宮屋』のオーナーはやり手で有名だ。生き馬の目を抜く業界で名をなすからには、相当用心深いとみていい。よほど信頼していなければ、寝首を掻かれる可能性のあるポジションに立たせないはずだ。

「……手首に遺体と同じ入れ墨があった」

「ヤモリのデザインでした」

茢谷から即答が返る。目敏くチェックしていたらしい。……オーナーと女の関係性を見極めた件といい、観察眼と洞察力はそこそこあるようだ。

「あの入れ墨は『守宮屋』の売り子である証だ。つまりあの女は、いまも現役かどうかはわからないが、少なくともかつては売り子だった」

「野良オメガということですか？」

「そういうことになる」

「年齢からの推測ですが、もし売り子を引退しているのなら、いまはオーナーの身の回りの世話をする側近的な役割を担っているのかもしれませんね」

「その可能性はあるな」

紫煙を吐き出しつつ、同意する。これまではまったく相手にしなかったので、初めてまともに取り合ってもらえたことがうれしいのか、茢谷が肉感的な唇をわずかに緩めた。

（褒美(ほうび)に骨もらった犬みてーな顔しやがって）

首許のロイヤルブルーのネクタイによっていっそう神秘性が際立つ青灰色(ブルーグレイ)の瞳を冷ややかに見つめながら、犬は犬でも血統書付きに違いないと考えていると、居住まいを正して「本浄さん」と切り出してくる。

「俺に任せてもらえませんか」

「なにをだ？」

「彼女なら顧客リストを入手できるかもしれない」

天音は片眉を上げた。彼女というのは、オーナーの側近のことだろう。

「……どうするつもりだ？」

「説得してみます」

「説得だあ？　ボスを裏切って顧客リストを渡せってか？　そんなリスクを負うわけねえだろ」

半笑いで一蹴したが、苅谷は引き下がらない。真剣な顔つきで言い募ってきた。

「そうかもしれませんが、ほかに手がないのならやってみる価値はあります」

「………」

実際、ほかに手はない。やってみて駄目だったとしても、現状よりマイナスにはならない。

思案ののち、天音は吸い差しを地面に落とした。靴の踵で吸い殻を揉み消して、「車で待つぞ」と苅谷に告げる。

自分の提案を採用された新人が、端整な貌に喜色を湛えて「はい」と返事をした。

『守宮屋』の玄関が見える位置に停めた苅谷の車に乗り込み、女が出てくるのを待つ。オーナーの身の回りの世話をしているのならば、買い物や使いの用事で外出する機会があるはずだ。

そこに賭けて、待つこと三十分。手持ちの煙草が切れた頃に、玄関の引き戸がカラカラと開き、ターゲットが顔を覗かせる。

「出てきた」

　最後の煙草をダッシュボードの灰皿にねじ込んで、天音は助手席から飛び降りた。茢谷も運転席から降りてくる。

「やり方はおまえに任せるから落とせ」

「わかりました」

　近所に使いか、または買い物に行くのか、女は先程のワンピースにトートバッグを肩がけしただけの軽装だ。玄関の鍵をかけた女が歩き出した。心ここにあらずといった憂い顔の彼女をしばらく尾行して、人目につかない場所に差し掛かったところで、茢谷が「すみません」と声をかける。

　振り返った女が「あっ」と声をあげた。

「警察の……」

「あなたと話がしたくて待っていました。少しだけお時間いいですか？」

　茢谷がそう話しかけると、女はあっさり「はい」とうなずく。そのつもりはなくても口説いているように聞こえるのは、茢谷の声が妙に艶めいているせいなのか、それとも話し方か。

（下手(したて)に出ているようで、その実、押しが強いせいかもな）

　ひとまず第一関門は突破した。ここからは、新人のお手並み拝見だ。

　余計なプレッシャーはかけないほうがいいだろうと判断し、天音は少し離れた場所から動向を見守った。

「お名前をお聞きしてもよろしいですか？」

苅谷の問いかけに、女が「スミレです」と答える。

「スミレさんは、オーナーのカレンさんの側近のようなお立場とお見受けしました」

「側近だなんて、そんな大それた立場ではありませんが、身の回りのお世話をさせていただいています」

やはりそうだった。まずはアタリを引いた。

「亡くなったショウさんとは長いつきあいだったんでしょうか」

「あの子が十歳のときに、ここに引き取られてきてからですから……七年ほどです」

「七年。では、かなり親密な交流があったということですよね。それこそ姉弟のような……」

スミレがこくりとうなずく。

「年も離れていましたし、あの子は一人で本を読んでいることが多かったので、そんなにべったりしていたわけではありませんけど、少なくとも私は弟みたいに思っていました」

「弟のように思っていたショウさんが、急にお亡くなりになって……ショックですよね」

「……はい。なんだかまだ実感が湧かなくて……もうショウがこの世にいないなんて、信じられない気持ちです」

「わかります」

神妙な面持ちで重々しくうなずいた苅谷が、スーツのジャケットのポケットからスマートフォンを取り出し、「こちらを見ていただけますか」と、スミレに差し出した。

受け取ったスミレがスマホを覗き込み、はっと息を呑む。

「ショウ……っ」

口許を押さえるリアクションから、スマホのディスプレイには、発見時のショウの遺体が映し出されているのだと察しがついた。大きな目をぎりぎりまで見開いて食い入るように画面を見つめていたスミレが、なにかに気がつき、「首に指の痕……」とつぶやく。

「はい。ですが、それが直接の死因ではないとのことです」

茢谷が感情を抑えた声で説明をした。

「他殺か、事故死か、自死か。現時点では、まだ特定されていません。しかし、警察の上層部は、事故死か自死で片付けようとしています」

スミレがスマホから顔を上げる。

「ショウが野良オメガだから？」

昏い眼差しを受け止め、茢谷は「そうです」と肯定した。

「仮に……ですが、本当は他殺だったのに事故死や自殺で処理され、犯人がこの先もなんの刑罰も受けずにのうのうと生き延びていくのだとしたら……みずからの意思に反して命を絶たれたショウさんは、さぞかし無念だろうと思います」

唇を嚙み締めたスミレが、「……許せない」と呻き声を零す。

「その気持ちは私たちも同じです。できればショウさんの無念を晴らしたい。そのためには、あなたの協力が必要なんです」

「…………」

「スミレさん、協力していただけませんか。ショウさんの顧客リストが手に入ったら、彼と接点のあった人間に接触することができる。一人一人のアリバイを当たっていけば、早晩、犯人が特定できるかもしれない」

スミレがじわじわと俯く。足元を見つめる横顔には懊悩が透けて見えた。

当たり前だ。ボスを裏切ることになるのだ。バレたらただでは済まないだろうし、ここまで衣食住の面倒を見てもらった恩もあるはずだ。

娼館は売り子に衣食住を与えるだけでなく、客にコンドーム着用を義務づけ、望まない妊娠や性病予防を徹底管理している。売り子の体を守るのも、オーナーの役目。親代わりといってもいいオーナーに、元売り子である彼女が恩義を感じていてもおかしくない。

するとおもむろに、苅谷がスミレの手を摑んだ。懊悩を追い払おうとするかのように、ぎゅっと握り締める。はっと顔を上げたスミレの目を揺るぎなく見つめて、「お願いします」と懇願した。

「ショウさんのために協力してください」

しばらく魅入られるように苅谷の整った貌を見つめていたスミレが、ふっと肩の力を抜く。

「わかりました。……私だって、もしショウが殺されたのなら仇(かたき)を討ちたい。顧客リストはなんとかします」

「いただいた顧客リストは外に漏れないように厳重に保管しますし、スミレさんにはぜったいに迷惑がかからないように配慮します」

真摯(しんし)な声で誓いを立てた苅谷が、さらに強く手を握り締め、「ありがとうございます」と囁(ささや)いた。スミレがかすかに頬を染める。

「これが私のメールアドレスです」

苅谷から受け取ったカードを、スミレが大事そうにトートバッグに仕舞い込んだ。

「……そろそろ行きます。オーナーにお使いを頼まれているので」

そう言って頭を下げ、少し離れた場所に立つ天音にも会釈をして、足早に立ち去っていく。

その後ろ姿を見送っていると、苅谷がスマホを手に歩み寄ってきた。ここは餌をやるべきところだとわかっていたが、素直に褒(ほ)める気になれず、ぶっきらぼうに尋ねる。

「なんでイケると思った？」

――俺に任せてもらえませんか。

あのとき、そう言い出した苅谷の顔つきと声音から、そこはかとない自信を感じた。そして実際に、苅谷はスミレを落としてみせた。

「自信があったわけではありませんが、オーナーと本浄さんが話をされていたときに、彼女と何度か目が合ったんです。個人的なインスピレーションですが、ショウの死に思うところがあるように感じました。そのあとで、彼女も野良オメガであることを知って……」

「そこをつつけば落とせると踏んだわけか」

「……あまり褒められた手口ではありませんが」

名前を呼んで親近感を演出し、遺体の写真を見せてショックを与え、野良オメガゆえに事故や自死で片付けられようとしていることをリークして、同じ境遇にあるスミレの怒りを焚きつけた。

(なかなかどうしてしたたかな野郎だ)

だが一番の決め手は「目を見つめて手をぎゅっ」だろう。あのボディランゲージが駄目押しとなった。オーナーの部屋で何度も目が合ったのだって、もともと女のほうがこいつに気があったから、秋波を送っていたに違いない。

それをまんまと利用しやがった。

極上のルックスを持ち、かつ女の扱いに慣れた男にしかできないワザだ。

こいつは相当女を泣かしてやがる。

「……タラシ」

ぼそっと低くつぶやくと、聞き取れなかったらしい苅谷が「なんですか」と聞き返してきた。

「褒めたんだよ」

「えっ、褒めてくださったんですか？」

女殺しの甘いマスクが輝く。キラキラ煌びやかすぎて眩しいくらいだ。

「聞こえなかったのでもう一度お願いします」

前のめりでリクエストしてきた苅谷を、天音は「つけ上がるな」と冷たくあしらった。

「まだリストが手に入ったわけじゃない。手許に届くまでは油断禁物だ」


約束どおり、煌騎のスマートフォンにスミレからメールが届いたのは、それから三時間後の午後四時過ぎだった。

『守宮屋』から引き揚げたあと、煌騎と本浄はショウの死亡現場に戻り、二人で手分けして、ふたたび周辺の聞き込みを行った。

一度目は不在だった店舗や雑居ビルを再訪問し、死亡推定時刻になにか物音や悲鳴を聞かなかったか、不審者を見かけなかったかを聞き取りして回る。

しかし、やはり明け方の四時という時間帯もあって、めぼしい情報は得られなかった。

空振りだったせいか、どっと疲れを感じて、雑居ビルのエントランスに立ち竦む。

よく考えてみれば、早朝から場所を転々と移動しつつ、息つく間もなく動き続けている。たまにミネラルウォーターで水分補給するくらいで、食事も摂っていない。疲れが溜まるのも当然だと思っていたところに、スマホがブルッと震えたのだ。

待ち焦がれていたメールには、一枚の写真が添付されていた。台帳らしきものの一ページを撮影したもので、人名と連絡先が読み取れる。どうやらスミレは、オーナーの目を盗んで、顧客リストの写真を撮ってくれたようだ。

すぐにスミレにお礼のメールを返信し、別行動をしていた本浄に電話をかける。

「スミレさんからリストが届きました」

『よし、俺はいまから駐車場に向かう。車で落ち合うぞ』

「わかりました」

通話を切ってスマホを内ポケットに仕舞うと、煌騎は車を駐めた駐車場に向かって歩き出した。疲労で重たかった足取りが心なしか軽く感じられるのは、リストのおかげもあるが、天音との関係性にわずかながら変化と手応えを感じ始めているからかもしれない。

実際、最悪だった一昨日の初対面、昨日一日のオールスルーを思えば、かなりの進歩だ。

　無論、まだまだなのはわかっている。野生のヤマネコよろしく、本浄はわずかでも煌騎がエリアを侵害したら、とたんにシャーッと毛を逆立てて威嚇（いかく）してくるだろう。牙も爪も鋭いから、油断していたらやられる。

　はじめは、こんな人がバディだなんてと、運命を呪いもした。

　凶暴、毒舌、行動もむちゃくちゃで、協調性ゼロ。社会性に至ってはマイナスだ。

　いいのはルックスだけ。

　極上の毛並みを持つヤマネコに、「クソガキ」だの「足手纏い」だのと散々に悪態をつかれ、「もって三日だ」と宣告されて、腹が立つのと同時に負けん気に火が点いた。

　元来障害（ハードル）は、高ければ高いほど燃える質（たち）だ。

　いつかぜったい、バディだと認めさせてみせる。

　密かに野望を滾（たぎ）らせているうちに、三日目に事件が発生して、風向きが変わった。

　煌騎にとっては、初めての事件らしい事件だ。

　発見された遺体は花街の娼館で働く十七歳の少年。歩道橋からの転落死だった。

　事故死か、他殺か、自死か。特定できない段階から、上層部が事故死で片付けようとする気配を感じた。不審に思い、個人的に調べて、死亡した少年が〝野良オメガ〟であることを知った。

　そういった人種が存在することは、知識としては知っていたが、実際に接するのは初めてだ。

　その後、車中で本浄に聞かされた〝野良オメガ〟の負の連鎖には衝撃を受けた。

世の中にカーストがあり、自分がアルファカテゴリーであることに、特別な感慨を持たずに生きてきたが、それは驕(おご)りであったと気がつかされた。あのままアルファ社会にいたら、一生わからなかっただろう。

それだけでも、刑事になったのは間違っていなかった――。

「遅い！」

駐車場に戻るなり、車に寄りかかっていた本浄に怒鳴られる。頭ごなしの罵声にも慣れつつあったが、理不尽さに屈してはならないと思い、「善処しました」と主張した。

ちっと舌打ちした本浄が、「早く寄越せ」と手を差し出してくる。煌騎はジャケットの内ポケットからスマホを取り出し、ロックを解除した。メールの添付ファイルを表示して、本浄に見せる。

「……七人か」

リストを覗き込んだ本浄がひとりごちた。思っていたより多いといったニュアンスの声だ。高級男娼(エスコート)の顧客ともなれば、相応の地位と財力を兼ね備えた人物であることが予測される。七人全員にアポイントを取り、個別に話を聞くのは、それなりの手間と時間がかかるだろう。

本浄も同じことを思ったらしく、苦い表情で「時間短縮のためには手分けするしかねえか」とつぶやいた。

その顔には逡巡が透けて見える。どうやら、新人の煌騎に重要参考人の聴取を任せることに、懸念を抱いているようだ。

「大丈夫です。できます」

本浄の目をまっすぐ見つめて、煌騎はアピールした。自分が半分受け持つことで時間を短縮できるのなら、やる以外の選択肢はない。

「…………」

本浄はしばらく、値踏みするような目つきで煌騎の顔を見返していたが、やがて念押しするように言った。

「ただ話を聞いてくるだけじゃ駄目だ」

「本浄さん！」

思わず弾んだ声が出る。

「きちんと裏も取ってこい」

自分を信用して大役を任せてくれたバディへの感謝の念を噛み締め、煌騎はうなずいた。

「もちろんわかっています」

本浄が四人、煌騎が三人、リストのなかから各々の受け持ち分担を決めた。天音のほうが一人多いのは、経験値の差で仕方がない。

「俺はタクシーと公共の交通機関を使うから、おまえは車で動け。終わった時点でここに戻って待機。いいな?」

そう指示を出し、本浄は駐車場から立ち去った。

一人車中に残った煌騎は、受け持ちの三名、それぞれの連絡先に電話をかけた。捕まった相手から当たっていき、直接話をして、犯行推定時刻のアリバイの有無を確かめる。

煌騎が担当した三人は、予想どおり社会的地位の高いエリートベータで、電話口でショウの死を知ると一様に衝撃を受けていた。

三人とも時間を作って会ってくれることにはなったが、男娼絡みで警察の事情聴取を受けるのは世間体が悪いのだろう。勤め先から少し離れた場所にあるカフェや喫茶店を指定してきた。そしてこれも例外なく、聞き取りの前に、家族や仕事関係者には花街の娼館に出入りしていることを話さないで欲しいと頼み込んできた。顧客リストについてはぜったい外部には漏らさないことを約束して、話を聞いた。

結果、三人ともに「その時間は自宅で寝ていた」と主張。各人の邸宅や高級マンションの監視カメラをチェックして裏も取れた。

ノルマを果たして駐車場に戻ったのは夜の十一時過ぎ。車のなかで、三人分の調書の内容をノートパソコンにまとめていると、本浄が戻って来た。

助手席に乗り込んできた本浄に「お疲れ様でした」と声をかける。

「どうだった？」

ドアを閉めるなり、本浄が尋ねてきた。

「三人ともシロでした。裏も取りました」

「そうか……」

「本浄さんはどうでしたか？」

「こっちもシロだ」

少し疲れたような顔で答えて煙草を咥える。ライターで火を点けながら、助手席側のパワーウィンドウを下げた。吐き出した煙が窓の外に流れていく。

せっかく手に入れたリストの七人ともシロ。

容疑者特定の可能性が藻屑と消えた徒労感に、朝から走り回った一日分の疲れが折り重なって、ずっしりと肩にのし掛かってくる。

身内の可能性は低い。顧客でもなかった。目撃者もいない。他殺の線は完全に手詰まりだ。

「やっぱり事故だったんでしょうか。もしくは自死……」

「違う」

強い口調で言下に否定され、煌騎は傍らの男を見た。

「あいつは自分で飛び降りたりしない。あいつには夢があったんだ。鳥籠から抜け出すっていいう夢がな……」

宙を見据えて、本浄が低くつぶやく。感情を押し殺したような低音から、それでも抑えきれない怒りが伝わってきた。

「本浄さんは、あの少年とどういったお知り合いだったんですか？」

本浄が遺体の素性を明らかにしたところは、煌騎も現場にいて見ている。

本浄とショウが顔見知りであったのは知っていたが、どの程度のつきあいであったのかは、まだ聞いていなかった。

しばし沈黙が横たわり、これはいつものようにスルーされるなと諦めかけたタイミングで、本浄が口を開く。

「……会ったのは半年前に一度きりだ。ディープダウンタウンの路地裏でレイプされかけていたのを、たまたま俺が通りがかって助けた。『守宮屋』まで送っていく道すがら、少し話をした。別れ際に連絡先を交換して、時々メールのやりとりをしていた」

「そうだったんですか」

会ったのは一度きりだとしても、半年間メールでやりとりをしていたのならば、ショウに思い入れがあったのもわかる。それはわかるが……。

なんとなくだが、本浄がこの件にこだわる理由は、故人に対する思い入れだけではないような気がする。

（勝手な憶測はすべきじゃない）

そう——おのれを戒める。

強烈なインパクトのせいでよく知ったつもりになってしまうが、本浄天音という男について、実のところ自分はまだなにも知らないに等しいのだから。

（まつげ……長いな。横顔のフォルムが完璧だ。とりわけ、唇から顎にかけてのラインの完成度……）

「……事故死でもない」

視線の先の薄赤い唇が、煙草のフィルターを噛み締めて、ひとりごちる。

「事故だったとしたら、あの首の指の痕はなんだ？　ショウは酒を呑まなかった。贔屓筋の接待の場につきあわされるのが辛いとメールで零していた。そのショウの体内から多量のアルコールが検出された……誰かに無理矢理呑まされたとしか思えない。ショウが『守宮屋』を抜け出して会っていた……その〝誰か〟とは誰だ……」

自問自答していた本浄が、半分ほどになった煙草を唇からむしり取って、山盛りの灰皿に押し込んだ。不意にこちらを見た男と目が合い、肩が揺れる。

「あ………」

黒曜石を思わせる黒い瞳に、虚を衝かれた表情の自分が映っていた。

しまった。つい、見惚れてしまった……。

「……すみません」

反射的に謝ると、本浄が眉をひそめた。

「ぼけっとしてないで車を出せ」

「どこへ行くんですか?」

「身内の可能性は低い。客でもなかった。だとしたら、さらに範囲を広げてショウと接点があったやつを捜し出すしかないだろ?」

これからですか?

口をついて出そうになった言葉を、ぐっと呑み込んだ。

そろそろ日付が変わろうとしている。ほぼまる一日、食事も休憩も取らずにあちこち飛び回った挙げ句に、ここから仕切り直すというのはかなりハードな展開だ。

だが、それを言うならば、本浄のほうがよりハードだったはずだ。そもそも持ち分が一人多い四人だった。自分は車を使えたが、本浄はタクシーと電車、バス、地下鉄などの公共の交通機関を乗り継いでの移動で、歩いた距離も長かったに違いない。

自分より一回り以上細身で、基礎体力だってアルファの自分よりは劣るはず。

それでも、その目はいささかも死んでおらず、全身から放たれるオーラも鈍っていない。

なにがなんでも事件の真相を明らかにし、ショウの無念を晴らすという強い思念を、傍らの先輩刑事から感じ取った煌騎は、腹をくくった。

本浄の気が済むまで、とことんつきあおう。

膝の上のノートパソコンを脇に退(ど)けてステアリングを握る。

「わかりました。車を出します」

Resonance 4

「半年前、このあたりで初めてショウと会った」

本浄（ほんじょう）の説明を耳に、煌騎（こうき）は周囲を見回した。

ダウンタウン地区（ブロック）のなかでもスラムに隣接する、俗にディープダウンタウンと呼ばれるエリアだ。

崩れかけた壁に躍るスプレーアート。陥没したり盛り上がったりとデコボコが目立つ石畳。路上に放置されたボロボロの車。廃墟同然のビル。割れた窓ガラス。舞い散るゴミ。アスファルトにこびりついた吐瀉物（としゃぶつ）。数メートル先が目視できない真っ暗な路地裏では、野良猫がゴミをあさっている。

外灯も切れたまま放置されており、そのため、あちこちに暗がりがあった。深夜のせいか、人通りもほとんどない。たまに、全身にびっしりタトゥを入れたマッチョや、見るからに薬物をやっていると思（おぼ）しき言動の怪しい中年男と擦れちがう。路地の入り口に人待ち顔の女が立っていると思ったら、かなり年のいったコールガールだった。

アッパーヒルズ育ちの煌騎にとっては、完全なるアウェーで未知の領域だ。一本道を隔てたそこはもう、銃を持ったストリートギャングが跋扈し、傷害や殺人事件が日常茶飯事のスラム。いつ、どこから、なにが飛び出してくるのかわからない。

（一寸先は闇――）

ひりひりするような殺伐とした空気を肌で感じ、丹田にぐっと力を入れて歩き出す。車は本浄に、「ここでこんな高級車で走っていたらあっという間に囲まれるぞ」と脅され、比較的セキュリティのしっかりしていそうな駐車場に入れてきた。

その本浄も煌騎と肩を並べて歩きながら、さすがに気を張っているのがわかった。

「昨日の夜も、ショウがこのあたりに足を運んだ可能性はゼロじゃない」

前後左右を油断なく視線で警戒しつつ、低い声を出す。その推測を受けて、煌騎は頭に浮かんだ疑問を口にした。

「半年前……本浄さんに助けられたとき、彼はどうしてこんな場所にいたんでしょうか？」

これまでに煌騎が認識している少年のプロファイルは、十七歳の野良オメガで高級男娼、社交的とは言えない性格で人づきあいはあまり得意ではなく、大人しくて読書好き。

どちらかというと内向的な人物像と、夜中にこんな物騒なエリアをうろつくといった行為がちぐはぐで結びつかない。キャラクターと行動に齟齬があるように思えた。

深夜にこの手の場所を徘徊する理由として、一番わかりやすいのは薬物を手に入れるためだ。または闇カジノなどの違法ギャンブル、および風俗。

だが、伝え聞いた性格のショウが薬物に手を出したり、ギャンブルに溺れるとは思えない。風俗に至っては、彼自身が男娼だ。もちろん、煌騎自身が生前の彼と会って話したわけではないので、あくまでイメージだが。

「深夜にオメガが一人でディープダウンタウンをふらふらしていたら、かなり危険ですよね。実際、襲われたわけですし」

「………」

「なんとなく、ショウに内向的なイメージを抱いていたので、その無謀な行動が彼らしくない気がして……」

自分が感じた違和感を口にしてみたが、傍らの男からリアクションはなかった。ちらっと目の端で窺った本浄は、眉間に皺を寄せて唇の端を引き結んでいる。ピンときて、足を止めた。

「心当たりがあるんですか？」

本浄も足を止めたが、問いかけには答えない。

「………」

「あるんですね？」

尋問口調で問いを重ねると、さらに眉根をきつく寄せた。なにかを思い迷うような眼差しで、穴だらけの石畳を睨みつけていたが、ほどなくしてぼそっと「ヤクだ」と零す。

「ヤク？　麻薬ですか？」

　予想外の答えに思わず声が大きくなり、「大声を出すな」と凄まれた。

「麻薬じゃない。抑制薬（ピル）だ。発情期（ヒート）抑制薬。ショウはそいつを手に入れようとしていた」

　煌騎は「ヒート抑制薬」と復唱する。

「……そうか。ヒートをコントロールしたかったのか」

　自分で性フェロモンの放出を管理できないことが、聡明な少年には耐えがたかったのかもしれない。それなら納得がいくし、抱いていたイメージとも合致する。

「つまり、この近辺にピルを不正入手できる場所があるということですね」

「……さあな」

　どことなく浮かない顔つきで、本浄が曖昧（あいまい）な返答をした。

「半年前、ショウはピルを入手する前に襲われた。だから本当にそんな場所があるのかどうかはわからない」

「でも半年前のリベンジのために、昨夜『守宮屋（やもりや）』を抜け出した可能性はありますよね。ピルの入手場所を見つけ出すことができれば、昨日の夜から早朝にかけての彼の足取りが摑めるかもしれない」

　七人の顧客リストが不発に終わり、振り出しに戻って落胆していたが、ここにきて新たな足がかりが見つかった。まさしく一筋の光明だ。

「ピルを扱っている場所を探しましょう」

しかし煌騎の促しにも、本浄の反応は鈍い。

「どうやって探すんだ。ピルを不正入手できる場所はどこですかと訊いて回るのか？　そんな質問に答えたら、下手すりゃ自分たちがとばっちりを受ける。まともな答えが返ってくるわけねえだろ」

投げやりな物言いをする本浄に、煌騎は引っかかりを覚えた。ついさっきまで、ぜったいに真相を突き止めると闘志を燃やしていた人間と同一人物とは思えない。

「本浄さん、どうしたんですか？　なんだか様子がおかしい……」

問い質そうとした煌騎の後方から、「アマネ」という呼びかけが聞こえてきた。本浄が、そのハスキーな声の方角に顔を向け、「クロウ」とつぶやく。

振り返った煌騎は、崩れかけたビルの壁の前に小柄なシルエットが佇んでいるのを認めた。だぼっとしたオーバーサイズの上下黒の衣類を身につけ、大ぶりの黒縁の眼鏡をかけている。

本浄が煌騎から離れて、足早に〝クロウ〟に歩み寄った。

そういえば、ここに来る車中で、本浄は誰かにメールを送っていたが、もしかしたら送付先はあの少年だったのだろうか。

タイミング的に、待ち合わせをしていたのかもしれない。

煌騎の視線の先で、二人は顔を寄せ合ってなにやら話をしていたが、やがて本浄がモッズコートのポケットに手を突っ込み、ウォレットを取り出した。そこから紙幣を何枚か引き抜いて渡すと、クロウが金額を確かめる。ほどなくして納得したようにうなずいたクロウの肩を、本浄がぽんと叩いた。それを機に二人は離れ、クロウはたちまち闇に溶け込んでいく。

戻って来た本浄に「いまのは誰ですか？」と尋ねた。

「情報屋だ」

素っ気ない答えが返る。

「情報屋？」

情報屋の存在は、ただでさえグレイゾーンなのに、さらに金銭の授受があるとなれば看過できない事態だ。

「いま、お金を渡していましたね。金銭で情報を買うのは服務規程を逸脱した行為です」

煌騎の指摘に、本浄は悪びれもせず「それがどうした」と言い返してきた。

「ヤバいネタはまともなルートからは手に入らない。きれいごとに縛られて事件を迷宮入りにするのと、ちょっとした裏技で解決に導くのと、おまえはどっちを選ぶんだ」

冷ややかな声音で究極の選択を迫られ、ぐっと詰まる。

「それは……」

「高い場所にいたら、いつまでもおまえが守るべき下層階級の気持ちはわからない。下まで下りて、その高級な靴を汚せ。それがいやならいますぐ帰れ。捜査の邪魔だ」

突き放されて、煌騎はぎゅっと拳を握り締めた。

確かに、本浄の言うとおりだ。現場まで下りて同じ階層に立たない限り、おそらく真実は見えてこない。

それに、ここまできて今更退(ひ)けない。

実際、もうかなり深みまで嵌(は)まってしまっているのだ。

上司の命令に背いた単独捜査に、そうと知って加担した。これが上層部の知るところとなれば、自分だってペナルティを科せられる。入署早々、停職処分は免(まぬか)れないだろう。

わかっていたのに、なぜこの男についてきてしまったのか。

沸点が低くてすぐキレる。アンガーマネジメントがまるでなってない。平気でルールを破る。署内でも、同僚たちとのあいだに一線を引き、容易に他人を寄せつけない一匹狼(いっぴきおおかみ)。人間関係にドライなのかと思えば、たった一度会っただけの野良オメガの死の真相を熱く追い求める。

――国がそう思っている限り、野良オメガは階級(カースト)の最下層のままで、負の連鎖は改善しない。だが、最下層だからといって、犬死にしていいわけがない。

みずからに言い聞かせるようにひとりごちた――その横顔は、強い決意を秘めつつも、そこはかとなく哀切を帯びて美しかった。

型破りなのに、いや、だからこそ癖になる。もっと知りたくなる。まだ知らない顔を見たくなる。

不思議な男だ。これまでに出会った誰とも違う……。

自分とはなにもかもが正反対だし、苦手なのに、もっと知りたい。

もっと別の顔を見たい。

体の奥深くから込み上げてきた熱い欲求に押されて口を開く。

「帰りません。ぜったいに、あなたから離れません」

黒い瞳をまっすぐ見つめて宣言した。

「俺のしつこさは、もうご存知ですよね。それに、案外役に立ちます。ここぞというときの切り札として、連れていって損はないはずです」

煌騎の挑発的な自己アピールに、本浄がふっと唇を歪める。

「うぬぼれんな、ガキが」

鼻でせせら笑ったかと思うと、くるりと踵（きびす）を返した。

「行くぞ」

「どこへですか？」

「いいから黙ってついてこい」

ひとまず、お払い箱は免れたらしい。密かに胸を撫で下ろして、本浄のあとを追った。狭い裏路地に入った男は、一度も振り返ることなく、どんどん先へと進んでいく。

迷路のごとく張り巡らされた路地の角を何度か曲がり、廃墟と見まがうような雑居ビルの入り口で足を止めた。どうやらこのビルが目的地のようだ。

狭い階段を使って地下に下りると、裸電球にぼんやり照らされた、薄暗い廊下が伸びている。右手に鉄製のドアが等間隔で並ぶ廊下を進み、三つ目のドアの前で本浄が止まる。

表札も出ていない錆びたドアをノックする。

二十秒ほどして、ガチャッと鍵が回る音が響き、ドアが内側から開いた。本浄がそこで初めて煌騎を振り返り、「おまえはここで待っていろ」と命じる。仕方なく「はい」と応じつつ、本浄の肩越しにちらっと室内を覗いた。白い髭を蓄えた老人の姿が見える。

もっと室内の様子を窺いたかったが、鼻先でバタンとドアを閉じられてしまった。

ここはどこなんだ。あの老人は誰なんだ。

廊下を行ったり来たりしながら五分ほど悶々としていると、ドアがガチャッと開き、険しい顔つきの本浄が出てくる。

待っていた煌騎にはなにも言わずに、さっき来たルートを戻り始めた。あわてて追いかけて、後ろから尋ねる。

「先程のご老人は？」

「闇医者だ」

「闇医者……」

「不正入手したピルを扱っているが、昨夜から早朝にかけて、ショウは来ていないそうだ。昨夜だけじゃない。この半年間、ショウと思しき若い男は来ていないという証言が取れた。写真で確認済みだ」

「そうですか」

一瞬、糸口を摑んだように思ったが、またもや振り出しだ。がっかりするのと同時に疑問が湧いた。

「どうして闇医者の居場所がわかったんですか」

「……情報屋に聞いた」

「さっきの黒ずくめの少年？」

「そうだ」

きっちりと、支払った金額分の情報は得ていたようだ。

「……闇医者のところに行っていないとなると、ショウはピルを入手するために抜け出したわけではなかったということでしょうか」

気を取り直して、現時点で判明している事実を確認する。

「さあな。闇医者に辿り着く前に、なんらかのトラブルに巻き込まれた可能性もあるからな」

否定も肯定もせず、本浄は目の前の階段を上がり始めた。ビルのエントランスから外に出て、今度は来た道とは逆方向に歩き出す。どこに向かっているのか訊いたところで、どうせ答えは返ってこないだろう。それに「ぜったいに、あなたから離れません」と宣言したのだから、もはや行く先がどこであろうと同じことだ。

迷路のような道を何度もくねくねと曲がったので、煌騎は自分がいまどのあたりにいるのかさっぱりわからなかったが、先を行く本浄の足取りに迷いはなかった。

さらに十分ほど右折左折を繰り返して、五階建ての雑居ビルの前で足を止める。もちろん先程とは別のビルだが、荒れて崩れかけている点では大差がなかった。

落書きだらけの階段を上がって二階に着くと、目の前に開け放たれたドアが現れる。

入り口はビニールシートで覆われており、シートの隙間からは、激しいリズムの音楽とテンション高めの笑い声が入り交じった騒音が漏れ聞こえていた。バーかなにかだろうか。

本浄がビニールシートを片手で捲って(めく)なかに入っていく。煌騎もあとに続いた。

店内は、入り口の狭さから想像していたより、奥行きがあって広い。かなり暗めだが、ところどころに設置された極彩色のネオンやスポットライトによって、談笑する客の顔が判別できる程度の明るさは保っていた。店内構成は、右手にバーカウンター、左手にソファブースが三つ、真ん中に立ち飲み用のテーブルが五つ。

奥にはビリヤード台が置かれており、二台のポケットビリヤードテーブルを囲んで、数人の男たちがゲームに興じている。客は七割ほどの入りで、人目を気にせずソファでいちゃついているカップル、ビール瓶を片手にテレビモニターでサッカーの試合を観戦している若者、カードゲームで盛り上がっているグループなどが見て取れた。総じて年齢は若めだ。

廃墟同然のビルの二階に、こんなに賑わっているバーがあることに驚く。何度か来たことがある店なのか、本浄は店内の様子に注意を払う素振りもなく、奥のビリヤードスペースにまっすぐ向かっていった。

その背中を追いかけ、ビリヤードスペースに足を踏み入れたところで、出し抜けに背後から二の腕をがしっと摑まれる。

「見かけねえ顔だな」

振り返ってみれば、首や腕が丸太みたいに太い、スキンヘッドのマッチョが立っていた。百八十八センチの煌騎が見上げるほど大きく、タンクトップから覗く浅黒い肌にはびっしりとタトゥが入っている。三白眼で煌騎の全身をじろじろと見回して、「けっ」と吐き捨てた。

「なんだその格好は？　スーツだあ？」

マッチョが毛のない眉を撥ね上げ、煌騎のネクタイをむんずと摑む。ぐいっと引っ張られて上半身が傾いた。

「うっかり迷い込んじまったのか？　ここはおまえみたいな坊やが来る店じゃねーぞ？」

酒臭い息を耳許に吹きかけながら、前後にガクガクと揺さぶってくる。「汚い手で触るな」と振り払ってやりたかったが、自分が抗うことで騒ぎに発展するのは避けたかった。この店に足を運んだ本浄の狙いがわからないので、下手に動けない。

煌騎が腹立ちをぐっと堪(こら)えていると、こちらが抵抗しないのをいいことに、マッチョがネクタイを吊り上げてきた。喉が締まって踵が浮き上がる。

「……くっ」

さすがにこちらの我慢も限界だ。大男の突き出た腹を膝で蹴り上げようと、右脚を振り上げたときだった。背後から「おい」と声がかかる。

「そいつは俺のツレだ。放せ」

本浄だ。マッチョが声の方角をギロッと睨む。

「うるせえ。俺に命令するな、チビ」

「いまなんて言った？」

チビ呼ばわりされた本浄がドスの利いた声で聞き返した。マッチョに詰め寄ってきた顔は、目が据わっていた。

「おおっと、よく見りゃ大したべっぴんじゃねーか。奥の部屋でかわいがってやろうか。えっ、お嬢ちゃん？」

さらなる煽りの燃料投下に、本浄の全身から憤怒の炎がめらめらと立ち上る。

「誰がお嬢ちゃんだ、このハゲ」

「いまハゲって言ったか？」

「何度でも言ってやるよ、ハゲ。ブタゴリラ。これみよがしの筋肉ばかが」

「……てめえ、調子に乗りやがって！」

唸り声をあげたマッチョが手を離し、唐突に解放された煌騎は、痛めた喉を懸命に開いて、

「……冷静に」と訴える。

だが本浄は、殺気を孕んだ目でマッチョを睨みつけたまま、こちらを見ようともしなかった。

「騒ぎは……まずいです」

忠告の声は聞こえていないようだ。

バッファローのようなマッチョと華奢な本浄とでは、大きなハンデがある。ウェイトで軽くダブルスコア。どう考えても本浄が不利だ。

言葉では阻止できないと覚った煌騎は、バトルを未然に防ぐために、マッチョと本浄のあいだに割って入った。

「二人とも落ち着いて。本浄さんも頭を冷やしてください」

説得していると、後ろからマッチョに肩を摑まれる。

「退け！」

すごい力で突き飛ばされ、ビリヤードテーブルまで吹っ飛んだ。木の縁で腰を強く打ち、勢い余ってテーブルの上に乗り上げる。煌騎に弾き飛ばされたラシャの上の球が、カンカンカンッとぶつかり合い、何個かポケットに落ちた。

「きゃーっ」

ゲームを見学していた女性客が悲鳴をあげる。

「なんだ、喧嘩か⁉」

ビリヤードに興じていた男たちもゲームを止めて騒ぎ出した。

「おー、やれやれ！」

「やっちまえーっ」

酒席の余興としか思っていないギャラリーから、無責任な煽りが飛ぶ。

「おい、誰か賭けねえか？」

「賭けになんねーだろ」

「確かにな！」

ギャハハッと嘲笑めいた笑い声が起こった。

「……っ、う」

煌騎が頭を左右に振り振り、上半身を起こした。

煌騎が頭を左右に振り振り、上半身を起こしたときには、すでにバトルは始まってしまっていた。

マッチョがここまで聞こえるような音でぶんっ、ぶんっと風を唸らせつつ、両腕を振り回す。

一方の本浄は上半身のしなやかなスウェイで、そのパンチを紙の差一枚で避けている。

いまのところはまだ避けられているが、あの拳をモロに食らったら最後だ。

マッチョのパワーは、自分がたったいま体験したばかり。本浄の美しい顔がめちゃくちゃに破壊されるかもしれないと思っただけで、居ても立ってもいられなくなる。

とりあえず加勢だ。二対一ならなんとかなる。

そう思ってビリヤードテーブルから飛び降りた——刹那(せつな)。

観客のどよめきをBGMに、煌騎の視界に本浄の鮮やかな回し蹴りが映り込んだ。美しい弧を描いたスニーカーの踵が、マッチョの左頬にめり込み、ひしゃげた顔が右方向にぐるんと回転する。

「おおーっ」

自分になにが起こったのか理解していない空虚な表情で、マッチョはゆっくりと足元から崩れ落ちた。がくっと膝を突き、突っ伏すように床に倒れ込む。意識を失った男のつるつるの後頭部を見下ろしながら、本浄が回し蹴りの勢いで脱げかけたコートの前立てを摑んだ。引っ張り上げてコートを元の状態に戻すと、もはや自分が倒した大男には興味を失ったとばかりにひらりと反転して歩き出す。

しばらく呆然としていたギャラリーが我に返り、ヒュー ッ、ピーッという口笛が響き渡った。

「マジか。……すげえな」

「おいおい、あの牛男を一撃で倒すなんざ、何者だよ？」

（……確かにすごい）

ここぞというポイントに、絶妙な角度で踵を入れる正確無比なテクニックと体のキレは、煌騎が子供の頃に教わっていたマーシャルアーツの達人にも匹敵する。

感嘆していたところに、当の本人が歩み寄ってきた。

「おい、怪我は？」

「大丈夫です。本浄さんこそ怪我はないですか？」

「あるわけねえだろ」

本浄が涼しい顔で嘯く。近くで見ても、汗一つ掻いていないし、白い肌も上気していない。

どうやら助太刀は必要なかったようだが、いずれにせよ、きれいな顔が傷つかなかったことにほっとする。

「ありがとうございました」

元はといえば、マッチョに絡まれた自分を助けようとした流れから始まっているので、礼を言った。本浄が肩を竦める。

「おまえもやられっぱなしになってないで、少しは抵抗しろよ」

「いや、あれは……」

あえてだったのだと説明しかけた言葉が途切れた。

「………っ」

意識を失っていたはずのマッチョが、ビリヤードキューを振りかぶって、突進してくるのが見えたからだ。煌騎の視線を追って振り返った本浄が、「しぶといハゲが……」と唾棄するやいなや、止める間もなくマッチョの前に飛び出していく。

「本浄さんっ」

　振り下ろされるキューを、本浄はやはり体を左右に振って躱していたが、今回のほうがより振りが速いのか、徐々に後退を余儀なくされた。壁際に追い詰められ、退路を失った本浄を見て、マッチョが悪鬼のような顔で笑う。

「死ねえっ」

「本浄さん……危ないっ」

　気がつくと、煌騎はマッチョが振り下ろすキューの前に飛び出していた。ガツッと大きな音が鼓膜に響くのと同時に、脳天がびりびりと震える。ぐっと奥歯を噛み締め、衝撃を堪えた。

「なにやってんだ！　ばか！」

　背後で本浄が叫び、「退け！」と怒鳴ったが、譲れば本浄がまた無茶をするのは火を見るより明らかだ。

「苅谷！」

「黙って。いいからあなたは大人しくしていてください」

　本浄に命じるなり、頭上のキューを摑み、ぐいっと引っ張った。マッチョがバランスを崩す。よろめく大男から奪い取ったキューをすかさず正位置に持ち替え、太い首の付け根めがけて振り下ろした。パンッという、剣道の技が決まったときと同じ破裂音が響き、キューが真ん中から二つに折れる。

「……うっ……」

喉の奥から呻き声を発して、マッチョが前のめりに倒れ込んだ。

床に伏したマッチョが、今度こそ起き上がらないことを確認して、ふーっと息を吐く。

「おい、頭大丈夫か？」

後ろにいた本浄が前に回り込んで、尋ねてきた。

本当は殴られた頭頂部がジンジン痺れていたが、「大丈夫です」と答える。

「本当か？」

「ええ」

心配させないように、無理に笑みを作っていると、ギャラリーの壁の向こうから、「なんの騒ぎだ」という渋い声が届いた。

その低音を聞いたギャラリーが、ざっと左右に分かれる。開かれた道の先には、一人の男が立っていた。

がっしりとした体格の三十絡みの男だ。目つきが鋭く、左の頬骨のあたりに刃物でつけたような傷痕があった。

本浄が煌騎から離れて、人の壁でできた道を歩き出す。ほどなく顔に傷がある男と対峙した。

「……おまえは……」

目を細めた男が、記憶を辿るような表情をする。

「覚えているか？」

「ああ……以前世話になったな。あのときは助かった。今夜はなんの用だ？」

探りを入れてきた男に、本浄は「あんたの店にイチャモンをつけるつもりはないから安心してくれ」と断りを入れる。

「この付近一帯を取り仕切るあんたに訊きたいことがあってな」

モッズコートのポケットに手を突っ込み、スマートフォンを取り出して、操作後の画面をスカーフェイスに向けた。

「この男を知らないか？」

スカーフェイスがスマホを手に取り、じっくりと画面を眺めたのちに首を振る。

「……見たことがない」

顔に落胆の色を浮かべた本浄が、気を取り直すように肩を竦め、「ほかのメンバーにも確かめてもらっていいか？」と尋ねた。

「おい」

顎をしゃくるボスの合図に応えて、数人の男たちが集まってくる。順番にスマホを覗き込み、全員が首を横に振った。

「この界隈じゃ見かけない顔のようだ。花街あたりにいそうなツラだけどな」

「……そうだな」

本浄が浮かない表情で相槌を打ち、「邪魔したな。お楽しみのところ騒がせて悪かった」と詫びを入れる。

「それと……あそこでのびている大男、急所は外してあるはずだが、念のために医者に連れていったほうがいい」

「わかった」

スカーフェイスがうなずき、本浄は軽く手を挙げた。挨拶を済ませると、踵を返して煌騎のところに戻って来る。

「歩けるか？」

「歩けます」

実際に歩き出すと頭が少しふらついたが、本浄の視線を意識して気合いを入れた。

この件で負い目を感じて欲しくなかったからだ。考えるより先に体が動いてしまった結果だし、庇ったのは自分の勝手だ。

ボスが見ているからか、部下や客が通り道を作ってくれたので、すんなり退店できる。ビニールシートを捲って店の外に出るのを待って、煌騎は気になっていた疑問を口にした。

「さっきのスカーフェイスは？」

「このあたり一帯を仕切っている男だ」

ストリートギャングの幹部ということか。

「前にあいつの身内が傷害容疑でしょっぴかれたことがあってな。俺が真犯人を捕まえて、冤罪(えんざい)が晴れた」

つまり、あの男は本浄に借りがある。だとしたら、嘘はつかないはずだ。

「ここも空振り……ですか」

朝からもう何度目の無駄足だろうか。

さすがに失望を隠せず、下を向いてふーっとため息を零した。直後、生ぬるい感触がつーっとこめかみを伝うのを感じる。

人差し指でこめかみを拭(ぬぐ)い、その指を目の前に持っていった。——指先が赤い。

(……血？)

まだジンジンと痺れている頭頂部に触れた指先が、ぬるっと滑った。どうやらマッチョのキューを受けた頭頂部の皮膚が裂け、そこから出血しているようだ。トラウザーズのポケットからハンカチを取り出してこめかみを押さえたが、どんどん新しい血が流れ落ちてくる。

「さっきキューで殴られた場所か？」

煌騎の様子を黙って眺めていた本浄が声をかけてきた。

「ええ、でも大丈夫です。これくらい大したことな……」

「大丈夫じゃねえだろ！」

強がる言葉に尖った声を被らせる。

「頭の傷を甘く見るな」

眉間に皺を寄せて叱りつけた本浄が、ちっと舌打ちをした。

「いきがりやがって……」

苦々しげに吐き捨てたあとで、ふいっと横を向き、「……ついてこい」と命じたかと思うと、煌騎のいらえを待たずにもう歩き出している。

その背中にどこへ行くんですかと問いかけたところで、どうせまともな返事がないことは、今日一日でいやというほど思い知らされていた。

Resonance 5

バーから徒歩五分ほどの立地に建つ、四階建て集合住宅の三階フロアの一室。

ところどころ塗装が剝げたドアの前に立った本浄（ほんじょう）が、取り出したキーチェーンから一本の鍵を選び、鍵穴に差し込んだ。カチャッと解錠して鉄のドアを引き開ける。ドアノブを摑んだまま、無表情に顎（あご）をしゃくり、「入れ」と促した。

促された煌騎（こうき）は、一瞬躊躇（ためら）ったあとで、「……失礼します」とつぶやき、ドアのなかに入る。続いて本浄も入って来て、ドアを閉めた。

背後でぱちっとスイッチ音が響き、天井の照明が点る。

オレンジ色の光に浮かび上がったのは、コンクリートの壁と天井に囲まれた、殺風景な四角い部屋だ。床は年季を感じさせる、黒光りしたフローリング。正面の壁をほぼ独占している大きな窓には、ライトグレイのブラインドが下がっている。天井のシーリングファンライトの羽根がまったりと回転して、室内の空気を攪拌（かくはん）していた。

部屋の一角には備え付けのキッチンがあるが、必要最低限の設備やツールしか置かれていないせいで、閑散として見える。

家具と呼べるようなものは、革張りのくたびれたソファが一つと木製のカフェテーブル。円形のダイニングテーブルが一つ、デザイン違いの椅子が二脚。ステンレスシェルフが一台。キッチンの反対側の壁の隅に設置されている鉄梯子（てつばしご）から推し量るに、中二階にロフトスペースがあるようだ。梯子の横にはドアが一つ見えた。洗面所とバスルームに通じるドアだろう。

全体的にドライで素っ気ない室内をざっくり検分してから、「……ここは？」とひとりごちる。朝からの流れで、訊いたところでどうせまともな答えは返ってこないに違いないという諦念（ていねん）に囚われていた煌騎は、ここに至る道中も「どこへ向かっているんですか」と尋ねなかった。

本浄がモッズコートを脱ぎながらソファに歩み寄り、脱いだコートをバサッと背凭（せもた）れに投げる。

「俺の部屋だ」

「本浄さんの？」

思わず聞き返した。まさか本浄がプライベートな空間に自分を招き入れるとは、思ってもいなかったからだ。

にわかには信じられない心境で、改めて〝本浄の部屋〟という観点から室内を見回す。自室には住人の趣味や嗜好、人となりがおのずと表れ出るものだと思うが、ここにはそれがなかった。目視できる範囲に、花や観葉植物、水槽など、生き物の類いはもちろんのこと、絵一枚、写真一枚すら飾られていない。生きていくために仕方なく、必要最低限のものだけ揃えたという簡素さで、どこかよそよそしく、お世辞にも居心地がいいとは言えない。

ここで本浄が寝起きしたり、料理をしたり、食事をしたり――といった暮らしの様相が、まったくイメージできなかった。

生活感のない部屋に呆然と立ち尽くしていると、「こっちに来い」と呼ばれる。その呼びかけで我に返った煌騎は、本浄のいるソファに歩み寄った。すると本浄は煌騎と入れ違いで、壁際のシェルフに歩み寄る。

ソファと対のカフェテーブルには、傷だらけのノートパソコンとアルミの灰皿、ミネラルウォーターのボトルが一本置かれていた。灰皿には吸い差しが数本、ミネラルウォーターは半分ほど残っている。

ほどなくして本浄が、プラスティック製のボックスを片手に提げて戻って来た。

「座れ」

ソファの座面を視線で示され、指示どおりに腰を下ろす。本浄がカフェテーブルにボックスを置き、自身はフローリングに敷かれたラグに胡座(あぐら)をかいた。その段で、ボックスの蓋(ふた)に十字のマークが見え、それがファーストエイドキットであることを知る。

(そうか……手当てのために、自宅に連れて来られたのか)

煌騎にとって、ダウンタウンは完全なるアウェーだが、ここに住んでいる本浄にとってはホームグラウンド。地域事情にも詳しいだろう。そもそもこの近辺に夜間診療を受け付けている救急病院がない上に、先般立ち寄った闇医者のところに戻るよりは自分の部屋のほうがバーから近い——瞬時にそう判断したのかもしれない。

ともあれ、本浄が自宅に招いてまで、手当てをしようとしてくれたこと自体が予想外だった。初対面から二日間はまともに口も利いてもらえなかったし、今日だって基本的には足手纏い扱いだったからだ。

やはり、煌騎が負傷したのは自分を庇ったせいだと思っていて、負い目を感じているのだろうか。そんなふうに思われるのは、煌騎の本意ではなかったが。

感情を読み取ろうと目の前の本浄をじっと見つめたが、白い貌は能面のごときポーカーフェイスで、なにを考えているのかわからなかった。記憶を辿ってみたら、バーを出て「……ついてこい」と命じたときから、終始無表情だ。

「血は止まったか？」

「おそらく」

ここに来るまでずっとハンカチで押さえていたせいか、もう血は流れ落ちてこない。

「血が止まったとはいえ頭だからな。朝になったら病院に行って医者に診せろ。——とりあえず、それまでの応急処置をする」

本浄が淡々とした口調で言い含めて、ファーストエイドキットのなかから、ガーゼと消毒スプレーを取り出した。ガーゼを左、スプレーを右手で持ち、膝立ちになる。

「傷口を出せ」

本浄に命じられた煌騎は、頭を下げて髪を掻き分けた。まだジンジンと疼いて熱を持っている患部は、頭頂部の真ん中から一センチほど左にずれた位置にある。

「血がこびりついてて傷口が見えねえな」

本浄がひとりごちた。付近の髪がごわついているのは、血で固まっているせいだろう。

「消毒液をかけるぞ」

宣言と同時に、患部にぴしゃっと吹きかけられた。

「……っ……」

ある程度は覚悟していたが、予想を遥かに超えてひどくしみて、声を漏らしそうになる。奥歯を食いしばって声を噛み殺しているあいだにも、本浄は容赦なく、ぴしゃっ、ぴしゃっと患部に消毒薬を吹きかけ続け、ガーゼでごしごし擦った。

これにはたまらず、「痛いっ」と声が出る。

「本浄さんっ……もう少し……やさしくっ」

そんなに強く擦ったら、止まった血がまた噴き出てきてしまう。

「男なんだから我慢しろ」

「男とか関係なっ……ちょ、待ってくださっ……」

しかし懇願はあっさりスルーされた。

「ストップ！　ストップ!!」

どうにも我慢できずに、本浄の腕を摑む。ほぼ無意識の行動だった。男の手荒い処置をどうにかして止めたかったのだ。

直後、摑んだ手がびりびりびりっと痺れ、産毛がざっと逆立った。

「……ッッッ」

高圧電流に感電したみたいにびりびりと痺れながら、この感覚は初めてではないと気づく。

初対面の屋上で、本浄に胸を人差し指でとんっと突かれたときと同じだ。あのときは、その後のポイ捨てに気を取られて、有耶無耶（うやむや）になってしまっていたが。

今回は、屋上での一度目より電流が強い。

手を離せばいいのだと頭ではわかっていたが、すべての筋肉が硬直してしまって果たせなかった。

「………っ」

声も出ない。口を薄く開いてフリーズしていると、本浄の腕を摑んでいる手のひらが、びりびりとした痺れに加えて熱を持ってくる。どんどん熱くなって、その熱が手から肘へ、二の腕へ、肩へと伝わっていく。さらに肩から首へ――。

痺れと熱が胸に到達した瞬間、ドクンッと大きく心臓が跳ねる。それが合図であったかのように、鼓動がドッドッドッと勢いよく走り出した。毛穴という毛穴が一斉に開き、開いた毛穴からぶわっと汗が噴き出す。

（なんだ？　俺は……どうしたんだ？）

おのれの体の変調に戸惑っていた煌騎は、本浄もまた、異変を覚えていることに気がついた。

切れ長の目は極限まで見開かれ、白い肌は紅潮し、額の生え際に汗の玉がびっしり浮いている。

胸を喘がせながら、本浄は煌騎に摑まれた自分の腕を凝視していた。

（……同じ……なのか？）

本浄も、痺れと発汗、発熱を感じている？

自分たちはいま、同じ感覚を共有しているのか？

（なぜ？）

なぜ本浄に触れると、電流が走り、熱を帯び、動悸が激しくなるのか。

これまで、誰かに触れてこんな状態になったことなどなかった。

なのにどうして本浄にだけ反応するのか？　彼とほかの人間はなにが違う？

本浄にあって、ほかの人間にないものはなんだ？

不思議な事象の誘因を探っていた煌騎は、それらの症状に加え、もう一つの異変が我が身に起こりつつあることを察知した。

ついさっきまで全身を駆け巡っていたはずの熱が、いつの間にか下腹部に集中している。

下腹部に溜まった熱の塊が、股間をぐっと押し上げる感覚。男ならば誰でも覚えのある、ごく当たり前の生理現象だ。

だがそれは決して、いまこのタイミングで起こってはならない現象だった。

場を弁(わきま)えないおのれに対する怒りで目の前が暗くなる。ここでもよおす自分が信じられない。

確かにここ最近、その手のシチュエーションから故意に遠ざかっていたが、だからといって。

落ち着け。鎮(しず)まれ。

目を閉じて何度も念じた。

だが、主人である煌騎がどれだけ厳命しても、体は言うことをきかない。それどころか意に反して刻一刻と熱を上げ、すでにトラウザーズの前がきつい。脳内でなにか途方もないトラブルが発生し、シナプスがショートして、コントロールを受けつけなくなっているとしか思えなかった。

そもそもこれは、誰に対しての反応なのか？

改めて基本に立ち返れば、対象者は、自分が腕を摑んでいる本浄しかいない。

受け入れがたい事実に、気が遠くなるのを感じた。

いくらルックスが極上でも、本浄は男だ。しかも職場の先輩で、自分のバディ。

そんな相手に欲情するなんて、あり得ない。いや、あってはいけない。

手遅れになる前に、どうにかしなくては――。

首の後ろにじっとりと冷たい汗を搔きながら、煌騎はじわじわと目を開いた。額のあたりに強い視線を感じたからだ。視線を辿って、黒い瞳と目が合う。

先程まで驚愕(きょうがく)に見開かれていた切れ長の目は、いま、しっとりと濡れていた。透明な膜に覆われた眼球の奥に、ちろちろと紅(あか)い炎が揺れている。

魅入られるように濡れた瞳を見つめ返していた煌騎は、ほどなくして、その揺らめく炎の正体に思い至った。息を呑む。

(発情……している?)

視界のなかの本浄が、苦しそうに眉根を寄せた。じわりと目を細めたかと思うと、はあはあと浅い呼吸を繰り返す。さっきより、明らかに発汗がひどくなっていた。

首筋まで汗でびっしょり濡れているし、摑んでいる腕も尋常ではない熱さだ。

「本浄さん?」

呼びかけに答えはない。本浄は唇を嚙み締め、胸を忙(せわ)しく喘がせている。なにかの発作も疑われる、そのただならぬ様子に、ふと、脳裏にあらぬ疑惑が浮かぶ。

一度だけ——子供の頃に見たことがある〝ソレ〟に似ていたからだ。

(まさか……)

いや、まさか、そんなはずがない。そんなわけが——。

「は……なせ」

喉から掠(かす)れ声(ごえ)を絞り出した本浄が、最後の力を振り絞るかのように、煌騎の手を振り払った。

支えを失った体がラグに崩れ落ちる。

「はあ……はあ」

俯せに倒れ、ラグに爪を立てて胸を喘がせている本浄の姿に、煌騎は腰を浮かせた。

「本浄さん！」

「く……るな」

命じる声が弱々しくて、普段の彼ではないのは明らかだ。とても放っておける状態ではなく、煌騎は命令に背いてソファから立ち上がった。ラグに膝を突く。

「大丈夫ですか？」

本浄の肩を掴んだ刹那、二度目の衝撃に襲われた。手のひらから駆け上がった電流が、全身をびりびりと貫く。

「うわっ」

「は、うっ」

本浄が大きく仰け反った。喉を反らしたまま、「あ、あ、あ」と艶を帯びた声を発する。

「……っ」

限界まで反らされた白い喉と嬌声に似た声がトリガーとなり、下腹部にどんっと直撃を食らった。

まずい。閾値を超えた。もう引き返せない。

そう覚った瞬間、全身から欲情の焔がぼわっと立ち上るのを感じた。

焔に焼かれた喉がひりつき、強烈な渇きを覚える。

これまで体験したことのないような、痛いほどの飢えだ。

飢餓状態の動物が獲物を求めるのにも似た、プリミティブな渇望。

欲しい。欲しい。欲しい……！

尻上がりに大きくなっていく欲望に急き立てられ、掴んでいた肩をぐいっと引く。仰向けに横転した男から、甘く熟れた果実のような〝におい〟が立ち上ってきた。

ねっとりと纏わりつくこのにおいの正体は、フェロモン。

そう認識したときにはすでに、濃厚なフェロモンに搦め捕られていた煌騎に選択の余地はなく、諸々と理性の手綱を手放すしかなかった。


「はっ……はっ……はっ」

フローリングのラグに仰向けに横たわる本浄は、まだ息が荒い。致命傷を負った動物のような息づかいだ。額からとめどなく流れ落ちる汗で、白い貌は濡れている。ひそめられた眉の下の黒い瞳は煌騎を見上げているが、どこか焦点が曖昧で、自分を押し倒している相手が誰であるかを把握しているとは思えない。

いつもより眼光に力がないせいか、造作の繊細さが際立って見える。小さな貌も細い首も、襟ぐりから覗く鎖骨も、煌騎の目には儚く映った。

苦しそうな本浄に、背筋がぞくぞくする。苦悶の表情にそそられるおのれに罪悪感を抱いたが、突き上げるような欲情には抗えなかった。

長いまつげに縁取られた瞳を見下ろしつつ、親指で上唇の端整なフォルムをなぞる。次に下唇の膨らみをくにゅりと押し潰した。開いた上唇と下唇のあいだに、人差し指を差し込む。

本浄はぴくっとおののいたが、抗わなかった。

口腔内に侵入させた指で、歯列をなぞり、歯茎を擦り、頬の内側の粘膜をさする。口腔内を蹂躙する指に、やがて熱い舌がねっとりと絡みついてきた。煌騎の指をぴちゃぴちゃと舐めしゃぶりながら、本浄が鼻から甘い息を漏らす。どうやら、口のなかが気持ちいいようだ。

黒い瞳はいっそう潤み、半開きの唇から一筋の涎が滴った。白い喉がごくりと音を立てて上下する。ただそれだけのことに、首の後ろが粟立ち、下腹部がずきずきと疼いた。

たまらず指をずるっと引き抜き、唾液で濡れた唇にむしゃぶりつく。噛みつくみたいに唇を塞いだ瞬間、本浄がびくっと跳ねた。

「……んんっ……ふ……」

抗いの気配をねじ伏せるように、やや強引に唇を割り開いて、舌を押し込む。

本浄の口のなかは、炉のごとく熱かった。熱くて、しっとり濡れていて、指に吸いついてくる粘膜が最高に気持ちいい。心地よさにうっとりするのと同時に気がついた。

いつからだったのか。会ったときから？　二日目？　今日？　さっき？　わからない。

でも、心の奥底ではずっと願っていた気がする。

（そうだ。ずっと、こうしたかった……）

先程は指で蹂躙した口腔を、舌でもう一度辿る。

舌の裏を走る筋に舌先を這わせ、上顎（うわあご）の裏をつついた。上唇の裏側、歯列、歯茎、舌の付け根……すべてを丹念に探索する。

そうやって感触や温度を存分に味わったあとで、縮こまっている本浄の舌に舌を絡めた。

しばらくは反応がなかったが、煌騎が根気強くアプローチをかけ続けているうちに、徐々に本浄も能動的になってくる。そうして一度動き出せば、スイッチが入ったかのように、どんどん積極的になってきた。

「んっ……ふっ……んン」

絡め合って吸い合う。互いの舌を甘噛みし合う。口腔内を舌で掻き混ぜ合い、唾液を混ぜ合わせた。くちゅっ、ぬちゅっと濡れた音が鼓膜に響く。

愛撫の濃度が上がるのに比例して、体の熱も上昇していく。煌騎自身も熱いが、本浄も相当熱い。ほどなくして、なにか硬いものが太股を押し上げてきた。

本浄の欲情の証（あかし）だ。

自分とのキスで本浄が発情しているのだと思えば、ますます興奮する。おそらく自分のものも、本浄の腰に当たっているはずだ。

食らいつく勢いで本浄の舌を嬲りながら、指で形のいい耳に触れ、ピアスを弄る。指で数えた。軟骨に二つ、耳朶に一つ。

初めて見たときから触ってみたかったピアスを指先で弄んでいると、本浄がもどかしげに体を揺すった。腰を浮かせて高ぶりを押しつけてくる。刺激されていよいよ盛り上がった股間を、煌騎も強く押しつけ返す。弾みで、欲望同士がごりっと擦れ合った——刹那。

「……っ……」

本浄がびくんっと大きく身を反らし、口接が解かれた。唇と唇が離れ、解放された喉から、絶え入るような声が放たれる。

「あ——っ……」

密着している体がびくっ、びくっと震えた。余韻のような細かい痙攣のあとで、ぐったりと弛緩する。

(キスだけで……イッた？)

驚いて体を起こし、本浄を見下ろした。

うっすらと涙が滲んだ切れ長の目。紅潮した頬。薄く開いた唇から漏れる息。上下する胸。気怠く脱力した四肢。

間違いないと思ったが、確かめるために、体を下にずらす。ボトムのボタンを外して、ファスナーを下げた。ボトムと下着を一緒くたに、ずるっと太股まで引き下げる。そこでいったんボトムから離れ、スニーカーを脱がせにかかった。両足からスニーカーを脱がせたのちに、もう一度ボトムに戻る。足首までずり下げて、裏返しにして引き抜いた。

煌騎がそれらの作業に取り組んでいるあいだも、虚脱状態が続いているのか、本浄はされるがままだった。

天井を見上げて放心している男の股間が、ちょうど眼下にくるようにポジションを取り、ラグに両手をつく。剝き出しになった下半身を、じっくり観察した。

カットソーの裾から覗く、美しく割れた腹筋。余計な贅肉が一つもない、まっすぐで長い脚。引き締まった尻。適度な分量のヘアと、完璧なフォルムのペニス。そのペニスは先端が濡れて、白濁に塗れている。

これで推測は確信に変わった。間違いない。本浄はさっき射精したのだ。

かといって、キスでイカせた自分はすごいなどと、うぬぼれる気にもなれない。

（おかしい。いつもの本浄じゃない……）

バッファローのごときマッチョを一撃で床に沈めるバリバリの武闘派と、キスであっさり達してしまうような敏感で感じやすい男が、自分のなかで一致せず、煌騎は混乱した。大体、下半身を勝手に剝かれても、ぐたっと横たわって動かないなんて本浄らしくない。

やっぱりこれは〝そう〟なのか？

疑惑を胸に秘めて股間を見つめていたら、一度達してやわらかくなっていた性器がぴくっと震えた。それをきっかけに、じわじわと勃ち上がっていく。

あっという間に七分勃ちになったペニスが、視線の先で淫らに揺れた。

見られただけでこの反応は、いくらなんでも敏感すぎる。

驚いていると、先端の浅い切れ込みから先走りがぷくっと盛り上がった。

透明なまるい粒が、甘露みたいに艶々と光り輝いている。

「…………」

なぜそんなことをしたのか、自分でもわからない。だが、気がつくと、吸い寄せられるように唇を近づけていた。舌を伸ばして、ぺろっと蜜を舐め取る。

「は、うっ……」

頭上から快感を堪えるような声が届き、性器がふるっとおののいた。誘うようなゆらゆらとした動きに唆され、ふたたび舌で触れる。今度は触れるだけにとどまらず、舌先を鈴口にめり込ませてぐりっと抉った。

「ああぁっ」

本浄が背中を浮かせ、腰をのたうたせる。ワンオクターブ高い声はすでに嬌声だ。

自分も男だからわかる。口でされるのは、すごく気持ちがいい。

もっと。できればもっと気持ちよくなって欲しい……。

そう思った次の瞬間には、うねる腰を右手で押さえつけ、左手でペニスの根元を掴んでいた。そうやって固定した性器を、先端からゆっくりと口に含んでいく。

過去に女性にされたことは数多あれど、男のものを口にするのは初めてだ。生まれて初めての能動的なフェラチオ体験なのに、不思議なほど嫌悪感はなかった。あっさり高いハードルを超えた自分に面食らう。

高止まりしたままの心拍数。これまで体験したことのない高揚と、体がふわふわ浮いているような浮遊感。

いつもの自分じゃないのはわかっていた。

本浄が発するフェロモンに当てられて、理性を失ってしまっている。普通じゃない。

それでもいい。

いまの自分を突き動かしているのは、目の前の男に気持ちよくなって欲しいという欲求——ただそれだけ。

その一念で、軸に舌を絡め、裏筋を舐め上げ、歯で扱く。脈動に舌を這わせ、皮を甘噛みした。煌騎の愛撫に応えるように、口のなかの本浄がみるみる硬度を増していく。

間断なくあらゆる場所を攻めながら、上目遣いに様子を窺った。

快感にひそめられた眉。とろんと潤んだ瞳。蕩けた表情。濡れた吐息。時折、薄く開いた唇からちろちろと覗く赤い舌。リアクションのすべてにぞくぞくする。

「……ふっ……あ、……あ」

下腹部を直撃する、甘い掠れ声。

本浄の抑制心も、とうにぶち切れているように見えた。完全に発情した動物モードだ。

これまでの本浄が、いかに素の自分を隠し、抑えつけていたのかがわかる。

荒っぽい態度や毒舌、粗暴さの裏側に、こんなに淫らな顔を隠し持っていたのかと思うと、そのギャップに興奮した。

(めちゃくちゃエロい)

「あ……は……あ……」

なにかに縋らずにいられないのか、本浄の両手が伸びてきて、煌騎の髪を掴む。そのうちに髪のなかまで指を潜り込ませ、頭皮を狂おしく掻き混ぜてきた。

対して煌騎は、よりいっそう深く本浄を咥え直す。唇でシャフトに圧をかけつつ、上下に顔を動かした。じゅぶじゅぶと生々しい水音が響く。

「くっ……ん、……あ」

本浄が片方の手で髪を引っ張り、もう片方の手で頭皮を掻きむしった。傷口がぴりぴりと痛んだが、そんなことに構ってはいられない。

「う……あ、ああっ……っ」

舌の味蕾に、じわっとカウパーのえぐみを感じた。膨らんだ性器を、喉の奥のギリギリまで受け入れて、きゅうっと引き絞る。

「い……く……っ……イク、ぅッ」

絶頂を告げる声と同時に、本浄が腰をぐっと突き出して、頭を激しく左右に振った。

最大限まで膨らんでいたペニスが弾ける。びゅくっと口のなかに発射されたものを、煌騎は喉で受け止め、ごくりと嚥下した。思っていたより不味くはない。それどころか、かすかな甘みさえ感じた。

連続の絶頂に放心している本浄から身を起こして、膝立ちになる。

ジャケットを脱ぎ、ネクタイを解き、ウェストコートを取り去って、シャツとトラウザーズになった。トラウザーズの前立て部分は目で見てわかるほどに猛々しく盛り上がり、本浄の痴態や嬌声、壮絶な色気に煽られて、もはや爆発寸前だ。

頭ではわかっていた。引き返すならいまだ。ここまでならまだ、なんとかギリギリセーフ。やや過剰ではあるが、ホットなボディランゲージの範疇で収められなくもない。

だが、ここから先に足を踏み入れたら、それはもうセックスだ。

セックスしてしまったらどうなる？　この先自分たちは、バディに戻れるのか。

頭の片隅で理性が警鐘を鳴らしている。やめておけ。止まれ。いまならまだ間に合う。

わかっている。でももう……我慢できない。

理性などくそ食らえ！

ストッパーをかなぐり捨て、ぐったりしている本浄を裏返し、腰を持ち上げた。四つん這いの体勢で脚を開かせ、そのあいだに体を入れる。

目の前には、まるみを帯びた白い双丘。程よく弾力のある尻のスリットを指で割ると、薄赤い秘肉が見えた。慎ましい窄まりが、物欲しげにひくひくと蠢いている。

そそるビジュアルにごくっと喉を鳴らし、アナルに指をつぷりと刺し入れた。それまで弛緩気味だった本浄の体がびくんっと跳ね、窄まりがきゅっと締まる。しかし、拒絶はしていない。

体からシグナルを感じ取って、指をさらに奥まで進めた。根元まで差し込んだ時点で、今度は動かし始める。

「んっ……んっ」

俯いた本浄が、苦しげな声をラグに落とした。白い尻が誘い込むようにゆらゆら揺れる。

強ばりを解すために、指を出し入れしたり、擦ったり、回転させたりしていると、粘膜からぬるっとした液体が滲み出てきた。女性が愛液で濡れるみたいだ。

「すごい……ぬるぬるしてる……」

思わず感嘆が口をつく。

「これならローションは必要ない」

「……いいから……早くしろ」

言われたくなかったのか、怒ったような声で急かされた。

かなりやわらかくなってきたので、指をずるっと引き抜く。出ていった指を恋しがるみたいに、アナルがきゅうっと収斂するのを見て、たまらなくなった。

早くここに入れたい。入りたい。ぶち込みたい。

もどかしい手つきでトラウザーズの前をくつろげ、下着から欲望を取り出す。それはもう限界まで張り詰め、先端が濡れて光っていた。最後の仕上げに自分で扱き上げ、硬度をマックスまで上げてから、解した窄まりにあてがう。

「入れます」

宣言して先端をぐっと押し込んだ——とたんだった。

「……ひっ」

本浄が悲鳴をあげ、煌騎もびくっと身を竦ませる。

「本浄さん？」

「ま……待て」

ここまでは、ほぼ無抵抗で流されてきた本浄に、いきなりストップをかけられた。挿入の痛みで正気に返ったのかもしれないが、一秒も早く入れたくて逸っている煌騎にしてみれば、ここでお預けはまさしく蛇の生殺しだ。

「ここまで来て、それはないでしょう」

殺気立った低音で抗議すると、「ゴム……」という掠れたつぶやきが返ってくる。

「ゴム？　避妊具ですか？」

本浄がこくこくとうなずいた。

「シェルフの……二段目に置いてある」

かすかに震える手を伸ばし、斜め前方のステンレスシェルフを指差す。

ゴムを常備しているということは、誰かステディな相手がいるのだろうか。悪魔みたいにきれいで、しかもこれだけ淫らな体の持ち主なのだ。

恋人がいてもおかしくない……。

そう結論を導き出したとたん、胸の奥がカッと熱くなった。じりじりと胸を焦(こ)がすこの熱はなんだろうと考えて、すぐに気がつく。怒りだ。それも、顔も知らない相手への怒り。本浄の恋人への、灼(や)けつくような憤(いきどお)り。

「病気は持っていません」

憤りが滲む声で低く言い切ったが、本浄は納得せずに、「いいから……つけろ」と命じてきた。

その顔は苦しげに歪んでいる。

「……わかりました」

苛立ちを押し殺し、本浄の腰から手を離して立ち上がった。ついでに下半身の衣類と靴を取り去り、シャツ一枚になってシェルフに歩み寄る。二段目に載っていた箱からゴムのパッケージを一つ摑み取って、本浄の元に戻った。

装着しようとしたが、指先が震えてうまくいかない。自分が動揺しているのを知り、ちっと舌打ちが漏れた。苛立ちと衝撃と怒りがない交ぜになったような情動がぐるぐる渦巻く。まるで体のなかに嵐があるようだ。

なんでこんなにも心が波立っているのか。

本浄に恋人がいたから？

（なに？　まさか……嫉妬？）

自分に問いかけても答えは出ない。

生まれて初めて知る感情に翻弄されながら、なんとかゴムを装着し終わった煌騎は、最後の一枚のシャツを脱ぎ捨てた。ふつふつと滾（たぎ）る激情のままに本浄の両手を摑み、乱暴に持ち上げる。

「痛いっ」

抗議の声を無視して、カットソーを頭から抜き取り、後ろに投げた。

一糸まとわぬ姿となった本浄を、やや強引に四つん這いにさせ、自分は背後に膝立ちになる。

両手で尻を鷲摑（わしづか）みにして開き、アナルを露出させた。あらわになった窄まりに、猛りきった先端を突き入れ、ぐぐっと押し込む。本浄の背中が大きく反り返り、ソリッドな肩甲骨がくっきりと浮かび上がった。

「う……あ……あ……っ」

本浄が獣じみた唸り声をあげる。かなり解したつもりだったが、なお狭かった。味わったことのないキツさに、煌騎の顔も歪む。決して受け入れやすいサイズではないので、本浄の負担は相当なものだろう。それでも気が急いて、引き返すことはできなかった。とにかく一刻も早く、なかに入りたい。なかに入って、このひとを征服したい。

自分のものにしたい――！

本浄も自分が入ってくるのを待っている。快感に流されて肉欲に溺れているだけかもしれないし、心から受け入れているのかどうかはわからない。でも、少なくとも拒絶はしていない。

接合している部分からそう感じ取った煌騎は、本浄の股間に手を伸ばしてペニスを握り、ゆるゆると扱き上げた。

「ふ、うっ……」

括約筋が少し緩んだ隙に、じりっと体を進める。緩ませて、また進む。それを何度も繰り返して、どうにか最後まで挿入し切った。

「……はっ……はっ……」

煌騎も本浄も、頭から水を被ったみたいに、頭皮までびっしょり濡れている。女性との交わりで、ここまで苦労することはまずない。ちょっとしたランニングより体力を使ったし、時間もかかった。だが、それだけのことはあった。

本浄の〝なか〟は、控えめに言って最高だった。

トロトロに熱くて、適度に熟していて、ちょうどいい締めつけがある。

（いい……最高だ）

到達の感慨に陶然と浸っていられたのは、しかしほんの束の間。すぐさま別の感情が込み上げてくる。

この最高に気持ちいい場所に来たのは、自分が初めてなのか。それともやはり恋人がいて、そちらが先なのか。

考えているうちに、胸の奥からモヤモヤした黒い感情が立ちこめ始め、あっという間に全身を覆い尽くした。首の後ろがちりちりと灼けて、居ても立ってもいられなくなる。

もしも誰かの痕跡が残っているのなら、いますぐ自分が跡形もなく塗り替えてやる。

凶暴な衝動に駆られ、煌騎は性急に動き出した。

「っ……おまえっ」

出し抜けの抽挿に、本浄が非難の声をあげる。自分ががっつきすぎているのはわかっていたが、止められなかった。腰を動かしつつ、本浄の胸に手を持っていき、乳首を探り当てる。摘んで引っ張ると、なかがきゅうっと締まった。背中に覆い被さって、耳に唇を押しつける。

「乳首感じるんですか？」

返事はなかったが、みるみる乳頭がしこり、指先を押し返してきた。言葉はなくとも、体が応えてくれる。素直じゃない主と異なり、本浄の肉体は饒舌だ。

「こうすると……どう？」

二つの乳首を引っ張りながら、屹立を一息にぱんっと根元まで押し込む。

「あうっ」

しなやかな背中が扇情的にたわんだ。

どこをどうするとイイのか。どこがより感じるのか。

体に聞くために、力加減やスピード、ありとあらゆる角度を試した。結果、反応がよかった場所を集中的に、一番感じる方法で攻める。

「はっ……あっ、……っ、あっ」

次第に本浄のなかが熱く濡れてきた。愛液の分泌が増すにつれ、すべりがよくなるのはいいのだが、ともすれば、ずるりと抜けそうになる。すると、どんどん溢れてくる分泌液に対応するかのように、煌騎の性器の根元部分に瘤のような隆起が発達してきた。アルファ特有の〝ノット〟だ。毎回必ずこうなるわけではなく、性的興奮の度合いによって出たり出なかったりするのだが、この突起があることによって、抜けることを気にせず、思う存分に出し入れができるようになる。

もはや遠慮は要らないとばかりに、ガンガン打ちつけた。陰嚢が尻に激しく当たり、パンッ、パンッと音が響く。

煌騎の抽挿に応えるように、肉襞がうねって絡みついてくる。きゅうきゅうと引き絞られて、快感が膨らんだ。

エクスタシーに乗っ取られ、なにかを考える余裕もなくなり、ただひたすらに腰を動かす。抜き差しするたび、ぱちゅっ、ぱちゅっと結合部から水音が漏れた。

もうなにも考えられない。思考は完全に吹き飛んだ。

残っているのは、自分と共鳴(シンパシー)して発情している男を、内側から食らい尽くしたいというプリミティブな欲求のみ。

もっと……もっと！

まだ足りない。まだだ。もっと欲しい！

どんなに貪っても満足できない。こんなにも餓(かつ)えが満たされないなんて初めてだ。

「あーっ……アーッ」

一心不乱でがむしゃらな追い上げに、黒髪を振り乱した本浄が、獣じみた声をあげる。媚肉(びにく)がわななき、びくびくと蠢いた。

「く……う……い、くっ……うっ」

本浄が呻き声を漏らして絶頂を迎え——煌騎を包み込んでいる粘膜が、これまでで一番きつく収斂する。全体に圧をかけるように締めつけられて、頭が白くなった。

「……うっ……」

低く唸り、どんっと弾ける。

ぶるっと胴震いした煌騎は、汗でしっとりと濡れた背中に、ゆっくりと覆い被さった。

ザー、ザー、ザー……。

ドア一枚で隔てられた浴室から、水音が聞こえてくる。

動物の交わりにも似たセックスが終わったあと、本浄は、余韻に浸る煌騎を押しのけて立ち上がり、少しふらつく足取りで浴室に入ってドアをバタンと閉めた。

引き締まった裸の後ろ姿を見送ってから、使用済ゴムを処理した煌騎は、ひとまずシャツとトラウザーズを身につけてソファに腰を下ろす。背凭れに後頭部を預けて顔を仰向かせた。まったりと回転するシーリングファンを眺め、たったいま自分の身に起きた〝特別な出来事〟を振り返る。

職場の同僚と――バディとセックスした。知り合ってわずか三日。しかも、男。

性体験は少ないほうではないと思うが、男と寝たのは初めてだ。

あらゆる意味でイレギュラーだし、こうなるなんて、ほんの数時間前には考えもしなかった。

そういった意味では予想の斜め上を行く展開。

だけど、後悔はしていない。

他人との交わりに、自分がこんなにも夢中になれることを初めて知った。

ここまで我を忘れたセックスは生まれて初めてだ。

守るべき一線を越え、バディとセックスしてしまったという罪悪感を凌駕（りょうが）するほどの、突き抜けたオーガズム。理性も抑制心もすべてを押し流すほどの、急性的な発情。

……もしかしたら。

つらつらと振り返っているうちに、とある可能性が脳裏に浮かぶ。

行為の途中でも、その可能性について考えていたが、快楽の波に呑み込まれて、思考が中断したままになっていた。

〝そう〟……なのだろうか。

様々な要素を勘案して複合的に考えれば、〝そう〟としか思えない。

結論が導き出されたとき、ガチャッと浴室のドアが開いて本浄が出てきた。上半身は裸で、腰にバスタオルを巻きつけただけの格好だ。濡れた髪をタオルでごしごし拭（ふ）きながら、ソファに近づいてくる。

床に落ちていたカットソーを拾って頭から被り、やはり床からボトムを拾って足を入れた。ファスナーを上げてボタンを止めるのを待って、煌騎は「本浄さん」と呼んだ。返事はなかったが、本浄のほうに体を向けて問いかける。

「あなたはオメガですか」

そう思った理由の一つは、本浄の急激な発情だ。本来の彼の性質や性格を変えてしまうほどの激しい発情。ベータでは、あそこまでの高まりはあり得ない。

あれは、発情期だ。

そしてもう一つ、男なのに後ろが濡れるのも、オメガの特徴。直腸内に子宮を持つが故に、発情したオメガは、そこから粘液を分泌する。

「………」

「オメガなんですね」

それまで反応しなかった本浄が、ようやく目の端でちらっとこちらを見た。眼差しは冷ややかで、顔も無表情。図星を指された動揺は見受けられない。

シャワーを浴びて身繕いした本浄は、まるで憑き物が落ちたようだった。先程までのめくるめく快楽の余波は微塵も感じられない。自分との熱い交わりのすべてを、きれいさっぱりシャワーで洗い流してしまったかのようなクールさに、虚しさを覚える。

自分はまだ、体の芯が熾火よろしく熱を孕んでいるのに……。

しかし頭では、余韻に浸ってばかりはいられないこともわかっていた。こうなってしまったいま、二人の前には、詳らかにしなければならないことが山積している。

「おまえはアルファか」

自身はカテゴリーを明らかにしないまま、逆に切り返してきた本浄に、煌騎は「そうです」

と素直に認めた。

まずは自分から素性を明かさなければ、本浄も腹を割って話してくれないだろうと考えたからだ。それに、もし最中に〝ノット〟の発達に気づかれていたのなら、シラを切っても無駄だ。

「つまり……おまえが急にサカッたのは、ラットってことか」

ラット＝Ｒｕｔは、オメガに対してのみ発動する、アルファ特有の急性的な発情として知られている。

「おそらく……。こんなふうになったのは初めてですが」

本浄が、「へえ」と片眉を上げる。

「正直、おまえの性癖はどうでもいいが、アルファがわざわざ平刑事として所轄に配属されたワケは知りたい」

どうでもいいと突き放されて、胸に鋭い痛みが走った。毒舌には慣れたと思っていたのに、今更傷つくなんて。

だが確かに、ここまできたら手の内をすべて見せるしかない。

腹をくくった煌騎は真実を打ち明けた。

「俺の本当の名前は首藤（しゅとう）です」

「首藤？」

ぴくっと反応した本浄が、体をこちらに向けた。険しい眼差しで煌騎をまっすぐ見据えて、

「まさか、あの首藤一族か」と確かめてくる。

「あの首藤です」

「ハッ……よりによって首藤！」

天を仰いだかと思うと、本浄は額にかかる前髪を無造作に掻き上げた。

「妙に高価(たか)そうな服やら育ちの良さがだだ漏れな言動やら、おかしいと思っちゃいたんだ。けどまさかアルファの……しかも首藤家のご子息様が平刑事として、場末の所轄に配属されてくるなんて、ふつー思わねえだろ」

顔をしかめる本浄に、煌騎は「刑事になるのが子供の頃からの夢でした」と告げる。

「両親には反対されましたが、長兄が後押しをしてくれて……なんとか警察学校に入ることができました。ただ、首藤の名前は伏せたほうがいいとの判断で、母の旧姓の苅谷(かりや)を使って入学しました」

「当たり前だ。マスコミにバレたら大騒ぎで捜査どころじゃなくなる。おまえの素性は誰が知っている？」

「課長と署長、副署長はご存知です」

本浄が「なるほどな」と形のいい唇を歪ませた。

「俺におまえを押しつけてきた理由がこれでやっとわかった。俺と組ませて過酷な現場に直面させ、おまえが尻尾(しっぽ)を巻いてとっとと逃げ出すように仕向ける。――ってのが狸(たぬき)オヤジの皮算用だったわけだ」

「狸オヤジ……署長のことですか。――そういう狙いだったんでしょうか」

「どう考えてもそうだろ？　アルファの名家出身で平刑事になろうなんて変人のおまえは、署にとって厄介なお荷物。アルファらしくキャリア官僚に収まってりゃいいものを、意味不明のやる気を出されたところで、現場にとっては傍迷惑以外の何物でもない。できるだけ早く追い出したいのが本音だろう」

　歯に衣着せぬ口撃に、胸の疼痛（とうつう）を堪えつつ、煌騎は主張する。

「たとえ迷惑だったとしても辞めません」

「空気は一切読みませんってか？　さっすが階級（カースト）最上位のアルファ様」

　嫌みっぽい口調で「様」づけした本浄に、思わず尋ねた。

「本浄さんは、アルファについてどう思っていますか？」

　シェルフに近寄り、煙草（たばこ）のカートンを摑み取った本浄が、「雲の上の特権階級」と投げやりに言い放つ。

「一般論ではなく、個人的な意見が聞きたいです」

　本浄がカートンから抜き出したパッケージの封を切った。煙草を一本引き出して唇に咥え、先端に火を点ける。

　紫煙を吐き出しながら、「いけ好かねえ」と低くつぶやいた。

「……っ」

「できるだけ関わりたくない」

おそらくそうであろうと推測していたが、はっきりと拒絶を口にされれば、みぞおちにずしっとくる。

胸の痛みも胃重感も、これまでにはなかった感覚だ。

どうやら、本浄と寝たことによって、自分のなかで、なにか変化が起きたらしい。

その変化の正体がわからないままに、煌騎は大きく息を吸い、そして吐いた。

落ち込んでいても仕方がない。いまは現状把握が急務だ。

気持ちの立て直しを図って、切り出した。

「最初の質問に戻ります。本浄さんはオメガですよね？」

「証拠は？」

「セックスの前と最中、あなたはヒートフェロモンを発していた。それに……直腸内から粘液を分泌するのは、子宮を持つオメガ男性の特徴です」

本浄が、気がついていたのかといった表情で、ちっと舌打ちをする。

「……だとしたら？」

「オメガであることは公言されているんですか」

「するわけねーだろ」

本浄が肩を竦めた。

「誰も知らない……おまえ以外はな」

これで認めたも同然だ。やっと一つクリアしたが、本浄が実はオメガであったことがわかると、さらなる謎が生まれた。

「――本来、オメガは警察に入庁できませんよね」

「…………」

「本浄さん、腹を割ってすべて話してくださらないと、俺も対処できません。あなたの秘密を守ることもできない」

煌騎の説得に、憮然とした面持ちの本浄が引き返してくる。咥え煙草で、ソファの背凭れにかけてあったモッズコートのポケットを探った。なかから警察手帳を取り出し、煌騎の前に翳す。そこには本浄の顔写真と、βから始まる九桁の国民番号が並んでいた。

「ベータの国民番号？」

「このナンバーは俺のものじゃない。同じ年のベータの幼なじみのもんだ。十歳でそいつが目の前で死んで……俺はその瞬間からそいつに成り代わって生きてきた。……まあ、平たく言えば乗っ取り。他人の人生に寄生して生きているってことだ」

自嘲めいた物言いに、煌騎はごくっと喉を鳴らす。

「つまり……あなたは……」

一瞬、悪足掻き(わるあが)のような逡巡を見せた本浄が、やがて諦念を帯びた面持ちで「そうだ」と認めた。

「俺は野良オメガだ」

他人の人生を生きなければならないという境遇から、おのずと答えは導き出されていたが、本人に認められればやはり衝撃を受ける。

もし、彼とのセックスで実感していなかったら、にわかには信じられなかっただろう。それくらい、本浄は素性をうまく隠して擬態している。美しい外見以外は、どこにもオメガらしいところはなかった。

しかしこれで、本浄がショウの事件にこだわった理由がわかった。

——国がそう思っている限り、野良オメガはカーストの最下層のままで、負の連鎖は改善しない。だが、最下層だからといって、犬死にしていいわけがない。

本浄もまた野良オメガで、カースト最下層の辛苦を身を以て(もって)味わっており、だからこそ同じ境遇のショウの死を捨て置けなかったのだ。

事情がわかってみれば、これまでの言動も腑(ふ)に落ちる。とはいえ、他人の国民番号を奪い、他人の人生を生きるのは、明らかに違法行為だ。

違法行為が公になったら、この人は逮捕され、長い刑に服すことになる。

これは、本浄天音(あまね)という男の人生を左右する、重大な秘密だ。

そのずっしりとした重みを噛み締めつつ、次の質問を口にする。

「発作は……ヒートはどうしてるんですか」

医療関係者や消防士、警察官など、人の生死に直接的に関わる職にオメガが就（つ）けないのは、月に一度、一週間ほど続くヒートがあるせいだと言われている。抑制薬（ピル）で制御するといっても、そこは人間である以上、百パーセントではない。ヒート期間中は毎日一錠のピルを服用しなければならないが、うっかり飲み忘れたり、飲めない状況に陥（おちい）ったりした結果、突然ヒートが始まってしまう可能性もゼロとはいえないからだ。

「裏ルートで手に入れたピルで制御してる。俺はその道のプロだ。ミスはない」

「でも、さっきは……」

「アクシデントだ」

本浄が険しい声音を被せてくる。

「薬はちゃんと飲んでいた……なのに、効果が切れた。こんなことは初めてだ」

おのれのしくじりを悔やんでいるのか、苦虫を噛み潰したような表情で、煙草のフィルターをぎりっと噛んだ。

それでも——ヒートの発作中でも、本浄は自分に避妊具をつけさせた。快感に流されるがままに生でセックスして、なかで出していたら、妊娠の可能性だってあった。すごい自制心だ。

おそらくこの人は、そうやってこれまでずっと、自分のなかのオメガ性を抑えつけてきたのだろう。

　本当の自分を偽り、毒舌で他人をできるだけ遠ざけ、一匹狼を貫き通して……。

　そうでなければ、刑事であり続けることができないからだ。

　秘密を抱えて生きてきた本浄の、これまでの孤独を思うと、哀切に胸が掻き乱される。

「本浄さん」

　名前を呼んで、ソファの背の後ろに立つ男をまっすぐ見つめた。

「俺にとって、さっきのセックスは特別な経験だった。あなたは違いますか」

　訴えかけるように問うたが、本浄は黙って煙草をふかし続けて答えない。

　本浄が過去にどんな相手とつきあってきたのか、いまも決まった相手がいるのか、いずれもわからない。彼の入り口はとても狭かったけれど、だからといって初めてともひさしぶりとも限らないし、自分は彼が寝た数百人のうちの一人でしかないのかもしれない。

けれど、たとえそうだとしても、さっきのセックスは、本浄にとっても特別な体験だったのではないか。

　触れ合った瞬間、それがトリガーであったかのごとく、びりびりと電流が走った。震えて、発汗して、発熱して……コントロール不能の情欲に呑み込まれ、狂おしく求めた。いや、求め合った。

　人生初のラットは、本浄が自分にとって〝特別〟な相手だったからこそ引き起こされた、化学反応のようなものだったのではないだろうか。

直感に近い確信に背中を押された煌騎は、とある可能性を口にした。

「もしかしたら俺たちは〝魂のつがい〟なんじゃないでしょうか」

運命の糸で結ばれたアルファとオメガのあいだにのみ成立する特別な繋がり――それが〝魂のつがい〟だ。

「言うに事欠いて〝魂のつがい〟だ？」

至って真剣な問題提起だったのだが、本浄はそうは受け取らなかったようだ。

「おまえ、そんな都市伝説、マジで信じてんのか？」

完全に小馬鹿にしたトーンで、くっと片頬で笑う。嘲笑に負けず、煌騎は「俺は都市伝説だとは思っていません」と言い張った。

〝魂のつがい〟の存在を初めて知ったのは、物心がついて間もない頃だった。当時、煌騎の遊び相手だったメイドが話してくれたのだ。彼女はオメガだった。類い希な美貌を買われ、メイドとして雇われていたらしい。

――この世のどこかに運命の相手が存在するなんて、すごくロマンティックだと思いませんか？

大きな目をキラキラと輝かせ、彼女はよくそう話していた。アルファの屋敷に仕えていれば、いつか〝魂のつがい〟に巡り合えるかもしれないと夢見ていたようだ。

そうなる前に、ピルを飲み忘れるというミスを犯し、ヒートした姿を煌騎に見せた咎で辞めさせられてしまったが。

しかし、彼女がいなくなったときにはすでに〝魂のつがい〟という言葉は、煌騎の心に刷り込まれていた。そのことを知った両親は眉をひそめ、父には「二度とその話はするな」と言い含められた。両親は、純血性を維持するためにも、アルファはアルファ同士で結ばれるべきであるという考えの持ち主だった。ちなみに、この考えはアルファにとってごく常識的なものだ。

両親にタブーとされたあとも、煌騎のなかから刷り込みが消滅することはなく――成人後は積極的にオメガの女性とつきあったが、結局〝魂のつがい〟だと思える相手とは、今日まで巡り合えていなかった。

「勘弁してくれ。一回寝たくらいで勘違いするなよ」

本浄が本気でいやそうに顔をしかめ、カフェテーブルの灰皿で、ぎゅっと煙草を揉み消す。

「確かにおまえとのセックスは悪くなかった。それは認めてやってもいい」

ものすごく不本意そうに認められ、一瞬舞い上がったが、

「だがそれは単にアルファとオメガの体の相性がいいってだけのことだ。それ以上でもそれ以下でもない」

冷たく叩き落とされた。

一般論として、アルファとオメガは性的な相性がいいと言われている。しかし――。

「これまでつきあったオメガの女性とは、こんなふうではありませんでした」

「だからなんなんだよ？　おまえの過去のセックスなんかどーでもいい」

尖(とが)った声でぴしっと撥(は)ね除(の)けられた。本浄は自分たちが〝魂のつがい〟であるかどうかに、まったく関心がないらしい。

「アクシデントは一回きりだ。二度とおまえと寝ることもない」

「……っ」

言い切られて息を呑む。二度と寝ないと言われてショックを受けた自分に戸惑った。

二度目があると期待していたのか？

そもそも、バディなのに体の関係を持ったこと自体が不適切なのだ。

一人前の刑事になるまで、色恋沙汰はお預けと決め、女性関係も断ち切ってきた。それが、よりによって職場の同僚となんて言語道断。

一度きりが正しい。……正しいんだ。

懸命に自分に言い聞かせていると、本浄が「そんなことより」と言い出した。

「わかってるだろうが、今日のことは誰にも言うなよ。おまえは俺の弱みを握ったつもりかもしれないが」

「そんなふうには思っていません」

言いがかりにカッとなり、強い否定の言葉が出る。

「俺は、本浄さんの秘密を誰かに話したりしません」

「………」

「信用してくれないんですか？」

本浄の疑わしげな表情を見て、煌騎は傷ついた。曲がりなりにも今日一日バディとして一緒に動き、さらに、仮にアクシデントだったとしても体を繋げた自分を、まるで信用していない本浄に苛立ちが込み上げてくる。

「バディのあなたを窮地に追い込むようなことをするわけがないでしょう」

「さあな。……おまえはアルファで、この世界の強者だ。おまえらにとっては野良オメガなんか虫けら同然。一匹や二匹、どうなろうが知ったこっちゃないはずだ」

「そんなわけないじゃないですか。カーストが違っても同じ人間であることに変わりはありません し、命の重さは同じです」

「きれいごとを言うな。アルファとオメガの価値が同じわけがないだろ？」

「そんな言い方……っ」

カッとなって荒らげかけた声を呑み込んだ。らしくもない自虐的な発言を繰り返し、突っかかってくる本浄の顔が、不自然に無表情であることに気がついたからだ。まるで本当の感情を隠すために、仮面を装着しているかのように。

強弁の陰に潜む、本当の気持ち。

強気な本浄から、一番かけ離れた感情。

……恐れ。

もしかしたら、素性が明らかになって、刑事でいられなくなることを恐れている？

そうだ。野良オメガであることが公になったら、本浄は刑事でいられなくなるどころか、罪を問われて刑務所に収監されてしまうかもしれないのだ。

「……誰にも言えませんよ」

ぼそっと低くひとりごちると、耳敏く聞きつけた本浄が、唇の片端を上げた。

「だろうな。アルファの名門首藤家の息子が野良オメガのオスと関係を持ったなんて、スキャンダルもいいところだしな」

スキャンダルなんて、それこそどうでもいい。これまでだって散々メディアに、あることないこと書かれてきた。醜聞など慣れっこだったが、煌騎は、あえて本浄の誤解を解かない選択をした。

「そうですね。だから誰にも言いません」

わざと淡々と肯定の言葉を紡ぐと、白いこめかみがぴくっと震える。そんな自分が許せないとでもいうように、本浄が眉根をきつく寄せた。

「…………」

気まずい空気が横たわる。本浄から怒りのオーラを感じたが、煌騎は言い訳をしなかった。

たとえ不興を買ったとしても、ああでも言わなければ、信じてもらえない。

「――いいか？」

沈黙を断ち切るように、本浄が口火を切った。

「おまえにとっても俺にとっても、さっきのアレは避けられないアクシデントだった。そういう意味じゃ痛み分けだ。俺たちはこの件に関してイーブン、共犯者だ。互いに、オメガであること、アルファであることは他言しない。それでいいな？」

硬い顔つきで念を押され、煌騎は「わかりました」と請け合った。

「決して他言しません」

それで本浄が安心できるのならば何度でも誓う。

取引が成立したことで安堵したのか、やや表情を和らげた男に、「その代わりに一ついいですか？」と伺いを立てた。瞬時に本浄が殺気立つ。

「なんだよ？　脅す気か？」

臨戦態勢で凄んでくる男を「そんなんじゃありません」と、穏やかな声で宥めた。

「本当の名前はなんというんですか」

「は？」

「本浄天音というのは、亡くなった幼なじみの名前なんですよね？　だとしたら、本当の名前があるはずです」

それを知ることができたら、鎧で覆われた素の部分に、少し近づける気がしたのだが。

「なんでおまえに教えなきゃなんねんだよ」

さくっと拒絶される。

「そう言わずに教えてください」

「いやだ」

「どうしてそんなに頑ななんですか。名前くらい、いいじゃないですか」

「おまえこそしつこいんだよ！　離れろ！」

しっしっと追い払うようなジェスチャーをされ、むっとしてソファから立ち上がる。とたんに、本浄がすっと身を退いた。

「側に来るな」

「……あ……」

そうだった。ピルの効果が切れているいま、接触をきっかけに、ふたたびヒートとラットが始まる可能性がある。また、あの抗いがたい衝動に呑み込まれて……。

思考の流れから、本人を前にしてつい、先程の動物じみた絡みを思い出してしまう。

(ばか。思い出すな)

あわてて頭を振ると、こめかみをつーっと生ぬるい感触が伝った。

「おい」

眉をひそめた本浄に、「血が流れてるぞ」と指摘される。

「傷口が開いたんじゃないのか」

セックスの最中、かなり興奮していたし、最後のほうは激しく動いたので、その可能性は否めなかった。

「これで拭け」

本浄が首にかけていたタオルを放って寄越す。

「すみません」

受け取ったタオルでこめかみの血を拭った。

「……そろそろ夜が明けるな」

つぶやきに顔を上げて本浄の視線を追うと、ブラインドの隙間から薄日が差し込んでいる。

「おまえはいったん自宅に戻り、朝いちで医者にかかって来い。俺も仮眠を取ってから出署する」

すっかり仕事モードの本浄に、一抹の寂しさを抱きつつも調子を合わせ、「はい」と首肯した。

思いがけない〝アクシデント〟で足踏みしてしまったが、ショウの件は現段階で手がかりらしきものすら摑めていないのだ。

今日こそは――と気合いを入れ直して、ふと気がついた。

本浄に「もって三日」と宣告されていたその三日目が、いつの間にか終わっていたことに。

Resonance 6

始業時間より三十分遅れで、煌騎（こうき）はダウンタウン東署の刑事課の入り口に立った。すでに課員の大半が動き出しているのか、人影もまばらなフロアを見回す。

捜していた人物は、例によってデスクの上に足を投げ出していた。行儀の悪いバディを視界に捉えて、軽く深呼吸をする。

平常心だ……よし。

心のなかでつぶやいてから、自分の席に歩み寄り、デスクの上にブリーフケースを置いた。隣席に顔を向けると、ニュートラルな物言いを極力意識して挨拶をする。

「おはようございます」

背凭（せもた）れをギイッと軋（きし）ませながら、本浄（ほんじょう）がデスクから足を下ろした。椅子を回転させて、煌騎のほうを向く。黒い瞳と目が合い、心臓がドクッと跳ねた。それをきっかけに、今朝方のあれこれが脳内再生されそうになるのを必死に堪（こら）える。

共に熱くて淫らな時間を過ごし、彼が野良オメガであるという重大な〝秘密〟を知って以降、煌騎の頭のなかはほぼ、目の前の男のことで占められていた。

朝方に彼の部屋を辞して、愛車を駐めてあった駐車場まで歩く道すがら、そこからアッパーヒルズの自宅に戻る車中、自室に戻って病院が開くまで短い仮眠を取っているあいだでさえ、思考のど真ん中に本浄が居座っていた。

気がつくと、濃密なセックスで彼が見せた、いつもとは違う顔や声をリピートしている。

そのたびに自分を諌めた。

思い出すな。反芻するな。嚙み締めるな。

あれはアクシデントだ。本浄に宣言されたとおり、あんなことは二度とない。だから、すみやかに記憶から消去し、次に署で顔を合わせる際には、ただの同僚として接するべきだ。

そう何度も言い聞かせつつ出署したのに、いざ本浄と向き合ってみれば、目が合っただけで鼓動が不審な動きをし始めて……まるでリセットできていない自分を思い知らされた。

一方の本浄は、びっくりするほどニュートラルだった。煌騎を見る目、そして表情にも、なんら特別な感情は浮かんでいない。動揺も葛藤もゼロ。

あまりにもクールかつドライで、あれは夢だったんじゃないかと疑いそうになる。

しかしよく考えてみれば、彼はこの道のプロ。オメガでありながら、十歳から素性を隠し続け、他人の人生を生きてきたのだ。

一度の過ちを〝なかったこと〟にすることくらい、お手のものなのだろう。

刑事としても先輩だが、人としても、本浄と自分のキャリアの差を感じてイラッとする。

自分より年上の本浄が経験豊富なのは当然のことだ。年齢の差もいかんともしがたい。どんなにがんばったところで年の差は縮まらないし、生涯逆転もない。

そんな当たり前のことに、こんなに苛立つなんて変だ。……おかしい。

焦燥にも似たモヤモヤした感情を持て余していると、しばらく黙って煌騎の顔を眺めていた本浄がおもむろに口を開いた。

「病院には行ったか？」

「はい、朝いちで寄ってきました。ひととおり検査をしてもらいましたが、特に問題ないとのことでした」

「傷は？」

「縫ってもらったので、一両日中には塞がります」

煌騎の説明に、本浄が微妙な顔つきをして、ぼそっとつぶやく。

「……アルファってのはマジでバケモンだな」

アルファの優位性は基礎体力にも表れており、仮に同じ傷を負ったとしても、アルファはベータに比べて治癒が早い。免疫力が高く、ウィルスや菌に対する抵抗力も強く、暑さ寒さにも耐久性がある。また、精神的にもタフだと言われている。

大きな責任を伴う会社のトップや官僚、政治家にアルファが多いのも必然と言われる所以(ゆえん)だ。

その対極にあるのがオメガだ。美人薄命ではないが、短命な個体が多く、メンタル面でも繊細で、ストレス耐性が乏しいと言われている。

　実際、それもあって驚いたのだ。オメガである本浄が、刑事という、人一倍タフさを求められる職に就いていることに。

　誰にも頼らずダーティに振る舞い、検挙率は課でもトップ。そうやって体を張って結果を出し続けている分、反動も大きいに違いない。

　一ヶ月に一度訪れる発情期の期間中は抑制薬を飲んでいるとはいえ、万が一の事態を想定して常に気を張り、心が安らぐ暇もないはずだ。

　そこまで考えていて、思考の流れから、まさしくヒートの波に呑まれた今朝方の彼を思い出してしまった煌騎は、くっと眉根を寄せた。

　なにを思い出しているんだ。職場だぞ。切り替えろ。忘れろ！

　だがたとえ脳が〝なかったこと〟にできたとしても、この人の〝なか〟に入った感覚は、体が覚えてしまっている……。

　たった数時間前の生々しい〝感触〟がぶり返してきて、覚えず熱っぽい眼差しを白い貌に注ぐと、本浄が切れ長の目をじわりと細めた。眉をひそめ、苛立ちを顔に出して、「おまえ……」と低い声で凄んできたとき、どこかで呼び出し音が鳴り始める。

　ピリリッ、ピリリッ……。

　ぴくっと肩を揺らした本浄が、ボトムのバックポケットからスマートフォンを引き出した。

ホーム画面を一瞥（いちべつ）してから通話ボタンをタップし、耳に当てる。

「ああ……俺だ。場所を移動する。ちょっと待ってくれ」

電話口にそう伝えて立ち上がり、フロアから出て行った。同僚たちに会話を聞かれたくない相手のようだ。

（ショウの件で、なにか新しい情報が入ったのかもしれない）

緊張が走ったことで自然と気持ちが切り替わった煌騎は、居住まいを正して自席で待った。

五分ほどで本浄が戻って来る。

「電話、誰からですか？」

「クロウだ」

クロウとは本浄が使っている情報屋だ。昨日ディープダウンタウンで、本浄は彼の情報屋と落ち合い、ショウに関連する情報を集めるよう依頼していた。そのクロウが新情報を掴んだらしい。

「行くぞ」

本浄が椅子の背からモッズコートを掴み取って羽織った。コートのポケットに両手を突っ込んでフロアを出て行く。その後ろ姿を煌騎は追った。

階段を下りていく本浄を追いかけながら、胸が熱くなる。さっき本浄は当たり前のように「行くぞ」と言った。煌騎がついてくるのが当然であるがごとく、意志を確かめることもしなかった。

こんなふうに自然に捜査に同行させてもらえるのは、すごい進歩だ。

浮足立つ煌騎の脳裏に、ふと、今朝方のやりとりが蘇った。

――本浄さんは、アルファについてどう思っていますか？

――いけ好かねえ。

――できるだけ関わりたくない。

「………」

強烈な初対面に象徴されるように、本浄と自分の関係は一筋縄ではいかない。予想の斜め上をいくような、とんでもない〝アクシデント〟の連続だ。

（それでもバディとして、少しずつでも信頼を積み上げていけたら……）

本浄が地下の駐車場にまっすぐ向かったので、煌騎は車のキーをジャケットのポケットから取り出した。先程駐めたばかりのツーシーターのロックをリモコンで解除すると、助手席に歩み寄ってドアを開ける。

「どうぞ」

乗車を促す煌騎を、本浄が睨（にら）みつけてきた。

「変な気ぃ回すな。ドアくらい自分で開けられる」

「すみません。クセで」

「ちっ……タラシが」

低く吐き捨てて助手席に乗り込む。助手席のドアを閉めた煌騎は、逆サイドに回って、運転席に乗り込んだ。シートベルトを締めてから、ふっと息を吐く。気持ちの切り替えがうまくいったおかげで、二人きりの車中でも平静を保てている。

「それで、新情報は？」

煌騎の問いかけに、助手席の本浄が「クロウがここ最近ショウと接触していた男の存在を突き止めた」と答えた。

「顧客ではなくて？」

「違う。客じゃない男が、この数ヶ月で複数回ショウと会っていたらしい」

説明した本浄がスマホに文字を打ち込んで検索を始める。しばらくして、「こいつだ」と画面を見せてきた。どこかのサイトのプロフィールページのようだ。

ハイバックチェアにゆったりと腰掛け、カメラ目線で微笑む中年男性の写真がメインビジュアルとして使われている。

男の年齢は五十代の半ばくらいだろうか。まだ豊かな髪をオールバックにしており、シルバーメタルフレームの眼鏡が知的な雰囲気を醸し出している。秀でた額、通った鼻筋と薄い唇。三つ揃いのスーツはオーダーメイドで、ネクタイはハイブランドのもの。木製のデスクの上でゆるく組まれた手の、右手には高級腕時計が、左手の薬指にはプラチナの結婚指輪が嵌（は）まっている。

知的エリートといった風貌の男の名前は岩城良一（いわきりょういち）。

姿かたちと氏名を確認したのち、煌騎は男のプロフィールにざっと目を通した。

岩城は、複数の私立学校を経営する教育者として知られ、教育をテーマに年間に五十回を超える講演を行っている。また、フィランソロピーにも熱心で、自身が理事長を務める学校に無料で通わせるなど、貧困層の子供たちへの支援にも積極的に取り組んでいた。チャリティーやボランティアに関する著作も多数――。

別のページに飛び、関連記事も拾い読みしてみたが、悪く書かれているものは一つもなく、世間の評判はすこぶるいいと言ってよかった。

「そいつ、知ってるか？」

「知りませんでした。慈善活動に熱心な人格者のようですね」

「おまえが知らないってことは、アルファだけで構成されているアルファじゃないな」

アルファカテゴリーにはアルファだけで構成されている社交界が存在し、パーティ文化も盛んだ。それもあってアルファ同士が顔を合わせる機会は多い。遠方に住んでいて顔を知らない場合はあっても、名前も聞いたことがないということはまずあり得ない。

「岩城という家名は聞いたことがありません」

「上り詰めたエリートベータってことか」

「大物教育者の彼が、ショウとどういった関係があったんでしょうか」

人望の篤(あつ)いベータの大物教育者と野良オメガの高級男娼(エスコート)。年齢も親子以上に離れている。一見して接点がないように思われるが……。

「それはこれから本人に訊くしかねえな」

「真実を話してくれるでしょうか」

煌騎の口から懸念が零れ落ちる。

捜査は任意が基本で、事情聴取に強制力はない。あくまで協力をお願いし、時間を作ってもらって話を聞く流れとなる。しかも今回は正式な捜査ではないので、普段にも増してハードルが高い。

「さあな。こればかりは当たってみなけりゃわからない。……車を出せ」

「どちらへ向かわれますか」

「クロウの話じゃ、岩城は複数の学校を運営統括する会社を持っていて、そこの代表になっている。日中は、その会社のオフィスにいることが多いようだ。――これが住所だ」

本浄のスマホに表示されている住所をナビに打ち込み、煌騎は車を発進させた。

セントラルシティ――ミッドタウン地区(ブロック)。

　企業の本社ビルや国の中枢機関が集まるシティの中心地に、岩城の会社が入居するビルはあった。五十二階建て高層ビルの地下駐車場に車を駐めると、エレベーターで一階まで上がり、エントランスロビーで高層階行きのエレベーターに乗り換える。二人でケージに乗り込み、煌騎が「28」のボタンを押した。

　一階のエントランスロビーでフロアガイドを確認したが、二十八階には岩城の会社の名前しか表示されていなかった。つまり、二十八階のフロアはまるごと岩城の会社で、それなりの規模の大きさだということだ。

　目的の階に着いてケージから降りる。エレベーターホールの正面に受付があり、揃いの制服を着た三人の女性スタッフが来客に対応していた。その様子を見た本浄は、煌騎に「おまえが行け」と命じる。

「俺がですか？」

「持って生まれたツラを有効活用して受付をたらし込め。得意だろ？」

「人聞きの悪いことを言わないでください」

「いいから早く行け」

　小突かれて、不承不承歩き出す。受付カウンターの前で足を止めた煌騎は、目の前に立つ女性スタッフに「こんにちは」と微笑みかけた。煌騎と同年代のかわいらしい顔立ちの女性が、一瞬目を見開き、じわじわと頬を染める。だがすぐに、そんな自分を戒めるように笑顔を作った。

「いらっしゃいませ。御用向きがございましたら伺います」

「代表取締役の岩城氏にお目通りを願いたいのですが……」

「アポイントを確認いたしますので、お名前を頂戴してもよろしいでしょうか」

女性スタッフが手許のタブレットを操作しながら尋ねてくる。

「苅谷(かりや)です」

「苅谷様……本日のアポイントメントにはお名前がないようですが」

「アポイントは取っていないんです」

女性が視線を上げた。

「アポイントを取っていらっしゃらない？」

「はい」

ジャケットの胸ポケットから警察手帳を取り出し、さっと開いて見せる。女性の顔色が変わった。

「ダウンタウン東署の者です。四日前にダウンタウンで起こった事件について岩城氏にお話を伺いたいと思っています。その旨をご本人に伝えていただけませんか」

潜めた小声で囁(ささや)くと、女性は強ばった顔つきで「少々お待ちください」と断り、内線電話を手に取る。社長付の秘書と思われる相手とのやりとりのあとで、保留ボタンを押し、煌騎に向き直った。

「ただいま秘書を通してそちら様のご意向を伝えましたが、岩城はこれから外出予定があり、面会はできないとのことです」

「そうですか。では出直しますので、本日、または後日のアポイントをいま取っていただけませんか」

ややや強引な申し出に、女性は困惑の表情を浮かべたが、「お願いします」と頼み込んだところ、秘書に煌騎の要望を伝えてくれた――が。

「日程が大変に詰まっておりまして、近日中に時間を作るのは難しいとのことでした」

申し訳なさそうに、女性が告げる。

「お力になれず、申し訳ございません」

「こちらこそ、無理なお願いをしてしまってすみませんでした。ありがとうございました」

礼を言って踵(きびす)を返した。背中に彼女の視線を感じつつ、エレベーターホールの柱の陰で待機している本浄の元に戻る。

「どうだった？」

「四日前にダウンタウンで起こった事件について話が聞きたいと面会を申し込みましたが、これから外出するという理由で断られました。その後のアポイントを取れないかと再度訊いてもらったんですが、予定が詰まっているという理由でこちらも断られました」

「ま、いきなり面会は難しいと思ってたけどな」

断られるのは織り込み済みといった表情で、本浄が肩を竦めた。

「だが普通は、警察がやってきて、事件について話を聞きたいと言えば、当日は無理でも近いうちに時間を作るもんだ。自分にどんな嫌疑がかかっているのか、気にならないやつはいないからな。話を聞いた上で、身に覚えがなければアリバイを主張すればいいだけのことだし、それで片がつけば後腐れもない」

「確かにそうですね」

「翻って、岩城の対応だ。けんもほろろってのは怪しい……」

黒い目がきらりと光った。どうやら手応えを感じているらしい。

「どうしますか？」

煌騎は次の一手を尋ねた。すると受付の左手にある自動ドアがウィーンと開き、なかから五、六人のスーツの集団が出てくる。談笑しながらエレベーターホールに向かってくる先頭の二人のうち、片側の背の高い男を見て、あっと声が漏れた。オールバックにシルバーメタルフレームの眼鏡、仕立てのいいダブルのスーツ。

目下のターゲット——岩城良一だ。

どうやら談笑相手の白髪の男性は来客で、代表の岩城みずからが見送りに出てきたようだ。それだけ上客ということだろう。背後に付き従うダークスーツの三人は、秘書とそれぞれの部下といったところか。

面会を断念した相手が向こうから現れるといった想定外の展開に、対処を迷った煌騎は指示を仰ぐために傍らの本浄を見た——が、そのときにはもう、当人は柱の陰から歩き出していた。

「本浄さん？」

煌騎の呼びかけにも振り返らずに直進し、エレベーターの前で体をくるりと反転させて、岩城と客の前に立ち塞がる。

片耳に複数のピアスをつけた、ビジネスシーンにそぐわない風体の男に進路を阻まれた岩城が、つと眉をひそめた。

「なんだね、きみは！」

背後から飛び出して来た秘書らしき男の誰何に、本浄はすっと警察手帳を掲げる。

「ダウンタウン東署の者です」

「……警察？」

鼻先に警察手帳を突きつけられた秘書が、虚を衝かれた面持ちでフリーズした。もはや秘書には注意を払わず、本浄はターゲットである岩城をまっすぐ見据える。

「岩城良一さんですね？」

「……そうですが、警察とはいえ失礼ではないですか？　見ればわかるでしょう。いま私はお客様をお見送りしている最中です」

「それについては失礼を承知でお声がけさせていただきました。秘書の方からお聞き及びかと思いますが、四日前にダウンタウンで起きた事件を調べています。ショウという少年が歩道橋から転落死した件です」

「…………」

岩城が眼鏡のフレームに手をやり、くいっと上げた。

「立ち話で構いませんので、少しだけ話をお聞かせ願えませんか」

斬り込むような本浄の視線から、男はつと視線を逸らす。

「ダウンタウンで起きた事件について、なぜ警察が畑違いの私に話を聞こうとするのかわかりませんが……これから外出の予定が控えています。スケジュール管理は秘書に一任しておりますので、後日改めてアポイントを取り直してください」

冷ややかな声音でぴしゃりと言い渡してから、岩城は傍らの白髪の男性に「お騒がせしてすみません」と謝った。

「ロビーまでお見送りいたします。参りましょう」

来客を促し、ちょうど扉が開いたエレベーターに共に乗り込む。お付きのスーツたちもそれに続いた。するするとドアがスライドするあいだ、岩城は直立不動の姿勢で正面を見据え、斜め前に立つ本浄には一瞥もくれなかった。

エレベーターのドアが閉まるのを見届けて、煌騎は本浄に歩み寄る。

「平静を装っていましたが、内心の狼狽（ろうばい）が見え隠れしていましたね」

「……ショウの名前を出したとき、やたら瞬きをしていた」

「ああ、それで眼鏡を弄って誤魔化したのか」

「ショウの死に直接関わっているかどうかはわからないが、少なくともなにか知っている」

「後日改めてと言っていましたが、任意の事情聴取に応じるでしょうか？」

本浄が首を横に振った。

「あの様子じゃ無理だろう」

「では、周辺を聞き込みして物的証拠を集め、容疑を固めて礼状を取りますか」

捜査の基本の手順を提示する煌騎を、本浄が鼻であしらう。

「そんなまどろっこしい手順を踏んでたら、下手すりゃ年単位の時間がかかる」

年単位と聞いて、焦燥感がじりじりと背中を這い上がってきた。事件の真相を握っているかもしれない重要参考人がいるのに、手出しができないなんて。

「じゃあ、どうすれば」

苛立つ煌騎を後目に、本浄はポーカーフェイスで、左耳のピアスをきゅっと引っ張った。

「正攻法で門前払いなら奇襲をかけるしかねえだろ」

その夜——煌騎と本浄は、ミッドタウンの郊外に位置する高級住宅街にいた。

「何時だ？」

助手席の本浄に訊かれ、ダッシュボードの時計を確認した煌騎は「十時五分です」と答える。

運転席から見えるのは、そびえ立つような鉄の門扉と堅牢な石の塀。二時間ほど前、車を停める場所を探すために、石塀に沿ってぐるりと回ったが、かなりの敷地面積があった。

アッパーヒルズに住み、アルファの豪邸を見慣れている煌騎でさえそう思うくらいだから、大邸宅と言っていいだろう。

住居といい、都市部の一等地に建つ高層ビルのワンフロアにオフィスを構えていることといい、岩城はベータとしては相当な成功者だと言わざるを得ない。

そんなエリートが、男娼のショウとどんな関わりがあるのか。

大物教育者と野良オメガがどこでどう繋がるのか、現時点では煌騎にはまだ接点が見えていなかった。だがそれも、近々明らかになるはずだ。

「……戻って来ませんね」

車内での張り込みが二時間も続けば、さすがに緊張の糸が切れかかってくる。狭い密室に二人きりというシチュエーションが長期化するにつれ、思考がショウの事件から今朝方の〝特別な出来事〟にじわじわと傾き、本浄の艶めいた声や官能的なビジュアルを反芻したがる脳と闘わなければならなかった。

ちらっと横目で窺った本浄は、火の点いていない煙草のフィルターを噛みながら、スマートフォンを弄っている。ウィンドウを閉め切った状態で吸えば煙が車内に充満するし、開ければ煙が外に流れ出て目立つ――という事情から、喫煙を我慢しているのだ。

禁煙で手持ち無沙汰なのか、本浄はひたすらスマホを弄り続けている。まさか本当に今朝方のセックスを脳内から完全デリートしてしまったわけではないだろうが、そうとしか思えないほど、毛ほどもこちらを意識する素振りを見せなかった。

（結局、引き摺っているのは自分だけということか）

本浄にとってあのセックスは、言葉どおり〝アクシデント〟でしかなく、取るに足らないどうでもいいこと。

体だけでなく、心までびりびり震えるほどの共鳴を感じたのは自分だけで……。

本浄にとって自分は、ヒートを発症した際にたまたま側にいただけの、都合のいい発散相手でしかない……。

そこまで考えたところで、急激な息苦しさを覚え、煌騎はネクタイのノットに手をやった。結び目に指を差し込み、少し緩めてほっと息を吐く。

「……来ねえな」

傍らで本浄がぼそっとつぶやいた。その声には、かすかな苛立ちと焦燥が潜んでいる。

「岩城の予定、八時からの会食で締めだったはずだよな？」

確認された煌騎は、雑念を追い払って、思考を仕事モードに切り替えた。

「ええ、そう言っていました」

言っていたのは、岩城の会社の受付で会話を交わした若い女性スタッフだ。あのあと、彼女が休憩に入るのを待ち構えて接触し、岩城の予定を聞き出した。受付という仕事柄、彼女は岩城の秘書と端末で情報を共有しており、岩城の一日のスケジュールを把握していた。

もちろん、聞き出せと唆したのは本浄だ。最初は抵抗した。

——そんなことをしたら、彼女に個人情報を漏洩させることになります。

——おまえは本当にきれいごとばかりだな。刑事としてひよっこのおまえの数少ない強みはなんだ？　その女好きしそうなツラとアルファフェロモンだろ？　使えるものはなんでも使うんだよ。

——しかし、それは端的に言って、色仕掛けということですよね。

——それがどうした。立派な武器だろ？　大体、大した情報でもないし、あの小娘から漏れたなんてわかりゃしねえよ。

しまいには「ぐだぐだ言ってるとバディを解消するぞ！」と脅しをかけられ、渋々とタスクを遂行した。バーターで、彼女にメールアドレスを差し出すことになったが……。

本日の岩城は外回りでスケジュールが埋まっており、締めが取引先との会食会。会食終了後は、料亭から直帰となっていた。

岩城の車を追跡し、移動先で都度張り込んだが、その進行はきっちりスケジュールどおりで、予定外の場所に立ち寄るなどのイレギュラーは見受けられなかった。本浄がショウの名前を出して揺さぶりをかけた経緯から、岩城がなんらかのアクションを起こす可能性も視野に入れていたが、これまでのところそれらしき気配もなかった。

張り込みの場所を変えること三回――最後の予定の会場である料亭に、岩城と秘書が入っていったのを見届けた煌騎と本浄は、先回りして岩城の自宅に移動した。岩城の自宅の住所は、警察のデータベースにアクセスして入手した。

帰宅する岩城をここで待ち伏せ、ふたたび対面での任意聴取を迫る予定だったが――。

不意に唇から煙草を引き抜いた本浄が、ダッシュボードのアッシュトレイにぽんと投げ込んで「作戦変更だ」と言った。

「行くぞ」

唐突な作戦変更に驚き、「行くって、どこへですか」と尋ねる。

「岩城はまだ帰宅していませんが」

「そんなことは見てればわかる。――いいか、ここで待ち伏せして話を聞いたところで、そんな男娼は知らないとばっくれられたら終了だ。やつは、警察がショウの件で自分をマークしていることを知った。仮に、自分とショウを結びつける物的証拠が自宅にあるとしたら、今日中に隠滅する危険性がある」

「物的証拠とは？」

「自宅のパソコンのなかに入っている、ショウとやりとりしたメール、もしくはショウと一緒に写っている写真だ。いまから屋敷のなかに忍び込み、岩城が帰宅する前にそれらを見つけ出す」

「屋敷のなかって……本気で奇襲をかけるつもりですか⁉」

思わず大きな声が出た。

「見つかったら、不法侵入で警察を呼ばれますよ」

「俺たちが警察だ」

「それはそうですけど……本当にめちゃくちゃな人だな」

型破りな男だとわかっていたが、いくらなんでも度を超している。

頭を抱える煌騎に、本浄がスマホの画面を突きつけてきた。

「見ろ」

本浄のスマホを手に取って、画面に映し出されている図面を見つめる。

「なんですか？」

「岩城の屋敷の間取り図だ」

「こんなもの、どうやって手に入れたんですか」

「クロウから買った。さっきクロウにここの住所を送って、アンダーグラウンドのサイトから図面をダウンロードさせたんだ」

ずっとスマホを弄っていたのは、どうやらクロウとのやりとりのためだったらしい。この二時間、車内で岩城の帰りを待ちながら、本浄は別方面からのアプローチを考えて、準備をしていたということだ。

煩悩を持て余して悶々としていた自分との違いを見せつけられたようで、少々落ち込むのと同時に思った。課長のお墨付きは伊達じゃない。やり方はむちゃくちゃではあるが、本浄の刑事としての実力は本物だ。

「二階の角部屋が岩城の私室だ」

本浄が、二階の角に位置する一室を指で示す。

「屋敷のなかに入ったら、ここを目指す」

「岩城本人は留守でも、邸内には家族や使用人がいるのではありませんか？」

「岩城には妻と子供が一人いるが、子供は高校卒業後、昨年から海外に留学している。子供が留学したあと、長く不仲だった妻は屋敷を出て行き、事実上の別居状態が続いている。従っていま現在、家族は邸内にいない」

「それもクロウ情報ですか」

「そうだ。ただし、住み込みの使用人や警備スタッフが在邸している可能性はある。これだけの屋敷だからな」

だとしたら、彼らに見咎（みとが）められずに岩城の私室に辿り着くのは容易ではない。見つかったときのリスクを考えれば、かなり危険な賭だ。

「………」

黙り込んだ煌騎を説得するためか、本浄が「岩城はクロだ」と言った。

「俺にはわかる。あいつはショウを殺した」

〝予断は禁物〟が鉄則であるはずの刑事が断言したことに驚いて、「本浄さん……」とつぶやく。

「証拠を突きつけて、ぜったいに吐かせてやる」

そびえ立つ鉄の門扉を睨みつけ、本浄は低くひとりごちた。

決意を秘めた横顔を見つめ、脳内に響く理性の声を聞く。

これ以上は深入りするな。後戻りできなくなるぞ。

〝あのひと〟みたいな刑事になるのが夢だったんじゃないのか。

強引でダーティーでリスキーな捜査──これでは理想と真逆だ。

けれどおそらく、本浄を突き動かしているのは、ショウの仇（かたき）を取ってやりたいという一念で、やり方こそ正反対だが、彼もまた彼なりの正義に基づいて行動している。

その点は〝あのひと〟と同じだ。

こんな綱渡りな捜査で危険を冒しても、メリットはなにもない。野良オメガの事件を解決したところで、点数にもならない。そんなことは本浄だって重々わかっている。

それでも黙っていられないのだ。どうしても見て見ぬ振りはできない――。

「別にいいんだぜ？」

リアクションがないことに焦れたのか、本浄が苛立った声を出す。

「正式な捜査じゃないしな。ペナルティが怖いならおまえはここに残っても……」

「一緒に行きます」

語尾に被せるように言った。本浄がびっくりしたように一瞬固まってから、切れ長の目をじわじわと見開く。

「……いいのか？」

意外そうな声で確認する男に、煌騎は大きくうなずいてみせた。

「バディですから。――さあ、行きましょう」


「こっちだ」

車から降りた煌騎と本浄は、石塀伝いに移動して、屋敷の裏手に回った。

岩城の屋敷は、高さ三メートルほどの石積みの塀で囲まれており、その上に一メートル余りのアイアンフェンスが張り巡らされている。フェンスの先端は、侵入者を阻むために尖った槍状(じょう)になっていた。

　アイアンフェンスに設置された監視カメラの向きをチェックしていた本浄が、「ここならカメラの死角だ」と石塀を手のひらで叩く。

「おい、踏み台になれ」

　命じられた煌騎は、地面に両膝を突いた。煌騎の肩を踏み台にした本浄が、両手を伸ばしてフェンスを摑む。腕の力でじりじりと体を引っ張り上げ、石塀に足をかけてよじ登った。塀の上に立つと、着ていたモッズコートを脱ぎ、槍状の先端にばさっと覆い被せる。コートで覆ったフェンスを跨(また)いで敷地内に入り、「おまえも来い」と煌騎を呼んだ。

　煌騎も、石の出っ張りや窪(くぼ)みに指や足先を引っかけて、ロッククライミングの要領で石塀を上った。石塀の上に立ち、モッズコートがかかったままのフェンスをひょいと乗り越える。

「よし」

　本浄がコートを摑み取って、ふたたび羽織った。

「行くぞ」

　次に本浄は、塀に一番近い木に飛び移り、幹を伝って裏庭に着地する。煌騎も続いた。降り立った裏庭から観察したところ、洋館風の建物は二階建てで、まばらに窓から明かりが漏れている。どうやら屋敷内に人がいるようだ。

　林立する樹木の陰から陰へと移動して、建物に接近する。

「あのドアが裏口です」

オレンジ色の常夜灯に照らされたドアを、煌騎が指で示した。クロウが本浄に送ってきた見取り図は、すでに頭のなかに叩き込んである。

できるだけ物音を立てないよう、忍び足で裏口まで歩み寄った。一応ドアノブを回してみたが、やはり施錠されている。

「壊しますか？」

「壊せば警報が鳴る」

煌騎の問いかけに即答した本浄は、コートのポケットから折り畳み式のアーミーナイフを取り出した。先端が鉤状（かぎじょう）になっているマルチフックツールを引き出して、ドアの鍵穴に差し込む。目では確かめられない鍵穴のなかを感触だけで探るような手つきで、マルチフックツールを小刻みに動かしていたが、ほどなくしてカチッと音がした。

「よし、開いた」

差し込んでいた鉤状のツールを引き抜き、ふたたびぱちっと折り畳んでポケットに戻す。もう一度ドアノブを摑んで回すと、あっさり開いた。

「……すごいですね」

感嘆の声を漏らす煌騎に、本浄はなんでもないことのように「単純なキーピッキングだ」と答える。

「なかには人がいる。足音を立てないように気をつけろよ」

「はい」

ドアを開けて、裏口から屋敷内に入った。等間隔に並ぶウォールランプに照らされた廊下は、しんと静まり返り、幸いにも人影がない。

「まずは階段を目指す」

二階に上がるためには、屋敷の中央部に設置された大階段を使うしかなかった。煌騎は「見取り図は覚えたので、俺が先に行きます」と告げる。

「あれを全部覚えたのか？」

「覚えました」

今度は煌騎がなんでもないことのように答えた。

煌騎が先頭に立ち、脳内の見取り図と照らし合わせながら館内を進み、大階段のある吹き抜けのホールに辿り着く。ここに来るまで人の気配は感じられなかった——とはいえ油断は禁物だ。

自分に言い聞かせて大階段を上がる。階段は中間地点で正面の壁にぶつかり、そこからは壁に沿う形で斜めに上昇していた。少し間隔を空けて、本浄も後ろからついてくる。

すべての階段を上り切って二階に立ったときだった。出し抜けに、眩しい光を浴びせかけられる。

「………っ」

あまりの眩しさに顔を背けた。

「誰だ⁉」

誰何の声が響き渡り、薄目を開けた視界に、人形のシルエットが映り込む。徐々に視力を取り戻した煌騎は、フラッシュライトを手にした制服姿の警備員が、こちらに向かって猛スピードで駆け寄ってくるのを認めた。

「侵入者だ！　侵入者発見！」

背後で本浄が「ちっ」と舌打ちをする。

どうする？　組み合うか。逃げるか。

「逃げろ！」

叫ぶやいなや、本浄が踵を返して階段を駆け下りた。煌騎もそれに従う。が、中間地点の踊り場まで下りたところでバタバタと足音が聞こえ、一階のホールにも警備員が現れた。新手の男が階段を二段飛ばしで駆け上がってくる。上から追ってきた警備員とで、挟み撃ちにされた。

「捕らえろ！」

「くそ、退けっ」

「ぜったいに逃がすな！」

二対二で揉み合っているうちに、本浄が警備員の一人に警棒で突かれ、足を踏み外して階段から落ちる。

「うわあ——っ」

一階まで転がり落ちた本浄が、落下の勢いで床をゴロゴロと横転した。俯せに止まる。

「本浄さんっ」

駆け寄ろうとする煌騎を、警備員が後ろから警棒で羽交い締めにしてきた。抗ったが、そこは警護のプロの技で、警棒をどうしても外せない。

「動くな！　大人しくしていろ！」

「……くっ」

その間に、もう一人の警備員が一階まで駆け下り、寝転がっている本浄に「立て！」と命じた。

それでも動かない本浄にひやっとする。

どこかを強く打ったのだろうか。

オメガの本浄は、アルファの自分と違って本来頑丈ではない。

「起きろ！」

警備員が本浄の腕を掴み、乱暴に引っ立てた。ずるずると引き起こされた本浄が、「痛てぇんだよ。ばか力！」と悪態をつく。

両腕を後ろに回され、拘束されつつも憎まれ口を叩く本浄を見て胸を撫で下ろした。大きな怪我はしていないようだ。

だがすぐに、安堵している場合じゃないと気がつく。むしろ、想定していたなかでも最悪のパターンだ。

この先のどう考えても明るいとは思えない展開を憂(うれ)い、煌騎はもの憂げな眼差しを、共に囚われの身となった本浄に向けた。


「おまえらは何者だ？」

二人の警備員にそれぞれ引っ立てられ、本浄共々連行された先は、一階にある飾り気のない殺風景な部屋だった。壁にロッカーが並んでいる以外、調度品といえば、やはり壁際に細長いテーブルが一つと、折り畳み椅子が三脚のみ。従業員の控え室なのかもしれない。

両手首と両足首をロープで縛られ――まさしく手も足も出ない状態の煌騎と本浄は、その部屋の床に横並びで転がされていた。

「空き巣か？　押し入りか？」

頭の近くに立ち、仰向けの顔を見下ろして尋問してくるのは、二人のうちの年嵩(としかさ)の男だ。こっちが上司らしい。

「どうやって館内に侵入した？」

「…………」

本浄がなにも言わないので、煌騎もそれに倣ってだんまりを決め込んだ。すると、上司の斜め後ろに立つ若い警備員が、苛立った口調で「警察に通報しましょう」と言い出す。

「ちょっと待て」

それに反応して、本浄が初めて口を開いた。

「俺たちがなぜここにいるかは、岩城氏に直接話す」

雇い主の名前を出された警備員二人が、驚いたように瞠目する。

「あんたたちだって、賊に忍び込まれて警察沙汰なんてメンツが丸潰れだろ？　なんのために高い金を払って警備員を雇ってるんだって話になる。それより、自分たちが捕まえましたって雇い主に突き出すほうが手柄になるんじゃないのか？」

本浄の説得に、警備員たちは顔を見合わせた。

上司のほうはしばらく思案げな表情を浮かべていたが、腕時計に視線を落とす。

「岩城さんもそろそろ帰宅するだろう。それまで、おまえはこいつらを見張っていろ。俺は侵入ルートを調べる」

部下にそう指示を出して、部屋から出て行った。残った若い男は、警棒を手にドアの前に立つ。

帰宅した岩城が自分と本浄のこの姿を見れば、D東署のみならず、本庁を巻き込んでの大騒ぎになるのは自明の理だ。焦燥に駆られた煌騎は、傍らの本浄に押し殺した小声で囁いた。

「……どうするんですか？」

「仕方ねえ……奥の手を使うか」

「奥の手？」

不穏な響きに眉根を寄せる。いやな予感しかしない。

「一体なにを……」

煌騎の問いにはそれ以上は答えず、本浄が腹筋の反動で「ふっ」と起き上がった。

「おい、勝手な真似をするな！」

見咎めた警備員が歩み寄ってきて、背中を向けている本浄の肩を警棒で押さえつける。直後に、本浄が首を後ろに回して、警備員を下からすくい上げるように見た。

「……っ」

警備員が息を呑んだのがわかる。煌騎自身も、産毛がざっと総毛立った。

（なんだ？）

傍らから、ねっとりと絡みつくような〝気〟が漂ってくる。じわじわと室温が上昇し、それに伴って体温も上がってきた。毛穴から汗が滲（にじ）み出（で）て、背筋がぞくぞく震え、息が詰まって……。

この感覚を自分は知っている。つい最近知った。これは……アレだ。

オメガフェロモン——。

本浄が意図的にストッパーを外した？

若い警備員がごくりと喉を鳴らした。

カーン、カツーン……。

手から滑り落ちた警棒が床に当たった音が響く。それが始まりのホイッスルだったかのように、警備員が本浄に飛びかかった。

はあはあと荒い息を撒き散らしながら、本浄にのし掛かる。剝き出しの欲望で顔は真っ赤に上気し、目がギラギラと血走っていた。オメガフェロモンに搦め捕られて、完全に理性が吹き飛んでいる。

仰向けに押し倒した本浄の首筋にむしゃぶりつく男に、煌騎は「やめろ！」と怒鳴った。

だが、もはや第三者の声など聞こえていないのか、男はこちらを見ようともしない。本浄のモッズコートの前を大きくはだけさせ、カットソーを乱暴に胸の上まで捲り上げ、拘束した両腕を万歳させた。あらわにした胸をベロベロと舐め回し、同時に両手で荒々しく体を弄る。片や本浄は、能面のような白い貌を天井に向け、人形のごとくされるがままだ。

「その人に触るな！」

ギリギリと歯噛みをして、煌騎は自由のきかない体を激しく捩る。両手の拘束をなんとかして解こうと、必死に左右に引っ張ったが、縛めが手首に食い込んで血が滲むだけだった。

「くそっ……！」

手足の自由がきかないことが、これほどまでにジレンマであるとは。自分のすぐ横でバディ

が襲われているのに、その様子をただ見ていることしかできないなんて――！

いまにも脳の血管がぶち切れて、頭がおかしくなりそうだ。

「やめろ！　やめろ！　やめろっ！」

それしかできないフラストレーションを爆発させるように、無我夢中で連呼した。

「触るなっ！　その人は俺の……っ」

俺のものだ！

叫びかけて、はっとする。

（俺、いま……なんて言おうとした？）

その人は――俺のもの？

おのれの心の声に虚を衝かれていると、それまで黙って警備員に身を任せていた本浄が、不意に口を開く。

「そうがっつくなって」

若い警備員の耳許に薄赤い唇を寄せて吹き込んだ。

「なあ、俺に突っ込みたいんだろ？　けど、このままじゃ股が開けねえ……」

「………」

「足のロープを外してくれ」

昏（くら）くて甘い声に唆されるように、警備員がふらふらと身を起こす。どこか夢遊病者を彷彿（ほうふつ）とさせる動きで、本浄の足首のロープを外し始めた。ロープを解くと、ふたたび本浄に覆い被さる。その顔を見上げて、本浄が妖艶な笑みを浮かべた。

「いい子だ……次はこっちだ。できるな？」

万歳していた手を下げて、顔の前に突き出す。

その要求に、警備員が逡巡を見せた。まだわずかに理性が残っていたらしい男の唇に、本浄は自分から唇を寄せる。男の唇を扇情的な赤い舌でぬるりと舐め、掠れ声で囁いた。

「ここから先は、解いてからだ」

息をますます荒くした警備員が、もどかしげな手つきでロープを解く。自由になった手を、本浄はひらひらと振った。

「ありがとう。助かった」

礼を言うなり、自分の上に覆い被さる男の股間を、膝で思いっ切り蹴り上げる。

「ひ、う――っ」

声にならない悲鳴をあげて、警備員がもんどり打った。すかさず立ち上がった本浄が、床に転がって悶絶する男の首筋にびしっと手刀を入れる。うっと呻いたきり、警備員は動かなくなった。金蹴りから三十秒にも満たない早業だ。

「ふー……」

深く息を吐き出して、首をコキコキ鳴らしながら、本浄が戻って来る。床に跪き、煌騎の足ぱらっとロープが落ちた瞬間、煌騎は本浄のカットソーの胸座を摑んで怒鳴りつける。

「どうしてあんなことをしたんですか！」

引き寄せられた本浄が、形のいい眉をひそめた。

「なに急にオラついてる？　ここはご苦労様ですって俺を労うところだろ」

「オメガフェロモンはアルファとベータの抑制機能を破壊する。警備員の彼は完全に理性を失っていた。もし、彼の暴走を止められなかったらどうするつもりだったんですか」

「どーもこーも、これが俺の武器だ。武器を使ってなにが悪い」

開き直って、本浄がふてぶてしい声を出した。

「大体一発や二発ヤラれたところで今更だ」

自嘲気味に嘯かれ、カッと頭に血が上る。

「あなたはそんなふうに自分を安売りしていい存在じゃない！」

声を荒らげると、本浄が「は？」と聞き返した。

「安売りもなにも……おまえ、俺が野良オメガだって知ってんだろ？」

「野良オメガだからなんだって言うんですか」

鋭い声の切り返しに、片方の眉尻がぴくっと上がる。

「あなたは俺の〝魂のつがい〟です」

（そうだ……）

さっき襲われかけた本浄を見て自覚した。

バディとしてだけでなく、自分にとって本浄が特別な存在であることを――。

「……またおまえはそういうくだらねえ……」

「俺は！」

雑ぜっ返そうとする本浄を激しい口調で遮り、煌騎は黒い瞳をまっすぐ見つめた。

「俺は……あなたにもっと自分を大切にして欲しいんです」

切々と懇願すると、本浄がじわりと眉間に皺を寄せる。

虚勢を張って強がっているけれど、本当の彼は心の奥深くに脆さを隠し持っているのだと、共に行動した時間で知った。

野良オメガであることがわかったとたん、その死因すら有耶無耶にされる現実に、本浄は改めて自身が社会的弱者であることを思い知った。

この捜査は、ショウの弔い合戦であるのと同時に、本浄の地に塗れた尊厳を救済する闘いでもある。

そのために危険を顧みず、身を投げ出す本浄が……見ていて辛い。そんな彼を守ることができない自分が歯がゆい。腑甲斐ないおのれに強い憤りが込み上げてきて、煌騎はカットソーを摑んでいる手にぎゅっと力を込めた。

「これ以上は無茶をしないで」

低い声で釘を刺す。

「しないと誓ってください」

誓いを迫る煌騎に、本浄は困惑の表情を浮かべた。が、すぐにそんな自分に対する苛立ちをぶつけるかのように、煌騎を睨みつける。

「……つか、いい加減手ぇ離せよ」

刺々しい口調で命じられて、のろのろとカットソーから手を離した。

「ったく、なに熱くなってんだよ。……伸びたじゃねえか」

もともと伸びきっていた襟ぐりを引っ張りつつ本浄は毒づいたが、その声も表情も、通常と違って迫力に欠けている。

煌騎が自分を見ていることに気がついた本浄がすっと顔を背け、横向きのままぶっきらぼうに言い放った。

「岩城が帰って来る前に、やつの部屋をガサ入れするぞ」


監禁されていた部屋から脱出した煌騎と本浄は、大階段を使って二階に上がった。

煌騎の先導で、今回は警備員に見つかることなく岩城の私室に辿り着く。ドアには鍵がかかっていたが、例によって本浄がマルチフックツールを駆使して解錠した。二人で入室し、内側から鍵をかける。

「照明は点けるな。窓から明かりが漏れる」

本浄の注意にうなずいた煌騎は、スマートフォンをジャケットのポケットから取り出した。ライトを点け、最低限の光源で書斎スペースを照らす。

「あそこだ」

壁際の一角に置かれたライティングデスクとハイバックチェアに、二人で歩み寄った。

「あった。岩城のパソコンです」

デスクの上のノート型パソコンの蓋（ふた）を煌騎が開く。メールと写真フォルダーを確かめるために起動させたが、パスワードの壁に阻まれた。

「パスワードの解除はあとだ。パソコンを持ち出すぞ」

「わかりました」

電源を落としてノートパソコンの蓋を閉め、抱え上げようとした煌騎の耳が、カツコツ、カツコツと床を叩く靴音を捉える。

「誰か来ました」

「ちっ……岩城が戻って来やがった。パソコンを戻せ。隠れるぞ」

指示どおりにノートパソコンをライティングデスクに戻した煌騎は、先にカーテンの陰に隠れていた本浄に「こっちだ」と呼ばれて、同じように身を潜めた。

ちょうどそのタイミングで、ドアの前で靴音が止まる。鍵穴に鍵を差し込む音に続いてカチッと鍵が回った。ドアがギィーっと開き、パチッと照明が点いて室内が明るくなる。

「社長、本日もお疲れ様でした」

岩城ではない男の声が聞こえた。

「おまえもご苦労だったな。……昼間に会社に来た刑事だが、今日は追い返したが、懲りずに押しかけてくる可能性がある」

岩城の声だ。やりとりから推察するに、もう一人は、昼に本浄が岩城に突撃した際に居合わせた秘書だろう。

カーテンを少しだけ捲(めく)って、煌騎は二人の様子を窺い見た。やはり、日中に会社で見かけた秘書だ。

「わかっているだろうが、私がショウと会っていたことはぜったいに外に漏らすな」

「承知しております。そこはご安心ください」

「特に一昨日(おととい)ショウがここを訪ねてきた件は極秘で……頼むぞ」

念押しに秘書が「かしこまりました」と答える。

「今日はもういい。下がれ」

「明朝は八時にお迎えに上がります。では、失礼いたします」

秘書が下がると、一人になった岩城はまっすぐライティングデスクに向かった。妙にせかせかとした動きでハイバックチェアに腰を下ろし、デスクの上のノートパソコンを立ち上げる。

起動したとたん、カチャカチャと忙しげなタッチタイプの音が聞こえ始めた。

まずい。ショウのメールや写真を削除しようとしている可能性がある。

どうやら同様の危惧を抱いたらしい本浄が、カーテンをばっと捲って飛び出したので、煌騎もあとに続いた。

「岩城さん」

ノートパソコンから顔を上げた岩城が、突如現れた刑事二人に、レンズの奥の目を見開く。

「昼間の刑事⁉　……ど、どうしてここに？」

上擦った声の問いかけを、本浄は「そこはまあ、蛇の道は蛇ってやつだ」とスルーした。

「そんなことより」

片手でスマホを翳しながら、デスクの前まで歩み寄る。

「さっきのあんたと秘書の会話を録音させてもらった」

岩城の顔がみるみる青ざめた。

「一昨日の夜、ショウはここに来たんだな」

「私は……なにも知らない」

「しらばっくれても無駄だぜ？　あんたがいま弄っているパソコンには、ショウとのやりとりが残っている。いわば動かぬ物的証拠ってやつだ」

図星だったのか、岩城がくっと唇を噛み締める。

「苅谷」

本浄に顎で「行け」と指示された煌騎が、改めてノートパソコンを押収するためにデスクに歩み寄ろうとしたとき、コンコンコンと室内にノックが響いた。

「……っ」

フリーズする三人の耳に、聞き覚えのある声が届く。

「岩城さん、警備主任です。お戻りですか？　実はご不在のあいだに不審な侵入者が……」

「その侵入者がいる！」

岩城が叫んだ。直後にガチャッとドアが開き、先程顔を合わせた警備員が、本浄と煌騎に向かって「貴様ら！」と大声を出す。

警棒を振り上げて突進してきた男の前に、煌騎は飛び出した。ぶんっと振り下ろされた警棒を上体の振りで避ける。

空振りしてよろめいた警備員の手から警棒を奪い取り、床に投げ捨てると、体勢を立て直して飛びかかってきた警備員の腕を掴み、ぐいっと強く引いて肩に担ぎ上げた。

「うおあっ」

背負い投げがきれいに決まり、男がどしんっと背中から落ちる。仰向けに転がった男の首を腕で絞め、すかさず落とした。

がくっと意識を失った警備員を床に寝かせて立ち上がる。本浄が寄ってきて、「出すぎた真似をするな」と叱りつけてきた。

「すみません」

言い訳はせずに謝る。理不尽に叱責されようとも、本浄を守ると決めたいま、不思議と心は穏やかだった。

「……まあいい。今回は頭をカチ割らなかったからな」

ひとりごちるように低くつぶやいた本浄が、岩城に向き直る。

「もう一人の警備員も一階で眠っている。さあ、これでもう誰もあんたを助けてくれないぜ？」

「………」

顔を強ばらせた岩城に、手許のスマホを操作して画像を見せた。

「ショウの死に顔だ。全身を強く打っていたが、幸い顔はきれいなままだった」

岩城はぴくっと肩を震わせ、十秒ほど食い入るように画像を見つめていたが、つと視線を逸らす。

「ショウは野良オメガの男娼だったが、いつの日か〝籠（かご）のなかの鳥〟である現在の境遇から抜け出したいと願っていた」

本浄が静かに語り出した。

「そんな折、大物教育者のあんたと出会った。もしかしたら、あんたの本を読んだショウが、講演を聴きに行ったのかもしれない。講演のあとで催されたサイン会で、ショウは自分の夢をあんたに語った。学校に行きたい。教育を受けたいのだと。違うか？」

岩城は不自然に固まった表情のまま、そうだとも、違うとも言わない。

「教育を受けて最下層から脱け出したいと願う少年の夢に、あんたもはじめは教育者として純粋に賛同し、手を差し伸べようとしたのかもしれない。だが、何度か会って話をしているうちに、いつしかショウに邪な欲望を抱くようになった。ショウに本気になったあんたは、一昨日の夜、この屋敷に彼を呼び出した。そこで、ガードが堅いショウに無理矢理酒を呑ませ、教育や生活のサポートをすることと引き替えに関係を迫ったが、頑なに拒絶された。あいつはたぶん、あんたとは肉体関係になりたくなかったんだ。金で自分を買う客と、尊敬しているあんたを同列にしたくなかった」

流暢な本浄の述懐に、きつく引き結んだ岩城の唇が、ぴくぴくと震え始めた。両目は限界まで見開かれ、瞳孔も開いている。

「だが、あんたからしてみれば、手ひどい裏切りだ。こんなに目をかけて好意を寄せてやっているのに……野良オメガのくせに……。カッとなって、とっさにショウの首を絞めた。仮死状態になったショウを殺してしまったと思い込んだあんたは、遺体を車でショウの地元であるダウンタウン地区（ブロック）まで運んだ。人気（ひとけ）のない歩道橋の上から落として事故死に見せかけようとしたが、寸前になってショウが意識を取り戻した。こんなことが明るみに出たら、自分は終わりだ。築き上げてきたすべてが崩壊する。パニックに陥（おちい）っているあいだにも、あんたから逃げようとしたショウは、ふらふらと階段に向かう。それをあわてて追いかけ、揉み合った末に、気がつくとあんたはショウを突き落としていた」

「オメガは人間を惑わす悪魔だ！」

出し抜けに、岩城が叫び声を発した。顔面は紅潮し、唇はわななき、ダブルの高級スーツに包まれた体はぶるぶる震えている。

「こんなことになったのも、なにもかもオメガのせいだ！　オメガフェロモンに狂わされて私は……っ」

そこで絶句したかと思うと、両手で顔を覆ってデスクに突っ伏した。嗚咽（おえつ）を漏らし始めた岩城から煌騎に視線を転じた本浄が、確かめてくる。

「いまの録（と）ったか？」

「録りました」

煌騎は自分のスマホを見せた。本浄が語り出した時点でボイスメモアプリをタップして、彼の推理と岩城の自白はすべて録音した。

「よし」

満足そうにうなずき、もう一度デスクに伏せてむせび泣く男に視線を戻した本浄が、侮蔑が滲んだ冷ややかな声音で「悪魔はおまえだ」と糾弾する。

「いい年して、てめえのスケベ心をコントロールできないのをオメガのせいにするな。教育者の仮面を被った悪魔め」

Resonance 7

押収した岩城(いわき)のノートパソコンから、ショウとやりとりしたメールが見つかった。

メールのなかには、事件が起きた晩に岩城がショウを呼び出す内容も含まれており、このメールに対して、ショウからの【夜の十時頃にご自宅に伺います】というレスポンスもあった。

また、ノートパソコンは岩城のスマートフォンと同期していたので、二人が一緒に写っている画像データも複数枚写真フォルダに残っていた（スマホのほうは、すでにメールも写真も消去済みだった）。

被疑者の岩城を連行してダウンタウン東署に戻った天音(あまね)は、苅谷(かりや)と徹夜で書類を作成し、翌朝、物的証拠と併せて送検した。同時に岩城の身柄も検察に送致。岩城は金に物を言わせて凄腕の弁護士を雇うだろうが、これだけの証拠が揃っていれば、起訴はまず間違いないだろう。

上司の命令に背いて独断で捜査をしたこと、新人の苅谷を巻き込んだこと、どちらも本来なら相当なペナルティを科せられるところだが、岩城という大物を送検できたことで、どうやらチャラになりそうだ。始末書は書かされるだろうが、その程度で済めば御の字だろう。

ともかく、ひとまずショウの無念は晴らせた――。

（睡眠時間を削った甲斐はあったな……）

定期的に襲ってくる眠気に身を任せ、助手席でぼんやり車窓を眺めていた天音は、視界の少し先に花屋を見つけて「おい」と声を出す。

「そこの花屋の前で停めろ」

運転席の苅谷がその指示に応じて、路肩に停車した。シートベルトを外して助手席のドアを開けた天音は、苅谷に「五分で戻る」と言い置き、車を降りる。

花屋に駆け込んで、店頭に並ぶ色とりどりの花をチェックして回った。ほどなく目当ての花を見つける。

「これを三本。簡単な花束にしてくれ」

花屋の店員に小さな花束を作ってもらい、代金を払った。花束など柄じゃないのは重々承知で、片手に携えて車に戻る。

天音が戻って来たのを見計らい、苅谷が助手席のロックを解除した。一度エスコートもどきでドアを開けたので、「変な気ぃ回すな。ドアくらい自分で開けられる」と叱りつけたことがあったが、ちゃんと覚えていたらしい。

（実際、記憶力はいいよな……）

岩城の屋敷の見取り図も、一度見ただけで完璧に把握していた。非凡なのは記憶力だけじゃない。昨夜から今朝方にかけての書類作成に関しても、苅谷は類い希な有能さを発揮した。事務仕事が苦手な天音の代わりに、ほぼ一人で書類を仕上げたと言っても過言ではない。しかも、早い上にミスがない。

（アルファが総じてＩＱが高いって話は本当だったわけだ）

体格と容姿に恵まれ、アビリティが高く、名家の出身で、もちろん大金持ち。

なんだ、その万能感。そこまで揃うとイラッとくる。なんか一つくらい欠点はないのかと探していて思いついた。

そんな特権階級（カースト）に生まれついたのに、わざわざ場末の所轄で平刑事をやっているこいつは、相当な変わり者だ。変人の域だ。いっそ変態……。

「なんですか？」

苅谷が訝（いぶか）しげに尋ねてきた。その問いかけで、無意識のうちに〝変人〟をガン見してしまっていたことに気がつく。

決まり悪さを誤魔化すために、「なんでもねーよ」と邪険に言い返して、助手席に乗り込んだ。

ステアリングに手を添えた苅谷が、天音の膝の上の花束に視線を向ける。そのまますっと視線を上げて、天音の顔で止めた。

「…………」

しばらく熱を帯びた瞳で見つめてきたかと思うと、「きれいですね」と言う。ぴくっと肩が揺れてしまい、そんな自分に猛烈に腹が立った。

（ばかか！　花のことだろ？）

思わせぶりなタラシ苅谷と自意識過剰な自分にめちゃくちゃイラついて、ぷいっと前を向く。

むっつりと黙り込んでいると、傍からもの言いたげな気配を感じたが、意地を張って正面を睨みつけ続けていたら諦めたようだ。エンジンをかけて「車を出しますね」とひとりごちる。

天音は黙ってシートベルトを装着した。

年下のくせに妙に鷹揚で、日を追って、自分の扱いに長けてきているのも気に入らない。

（わかってんだよ。自分がめんどくさい人間だなんてことは）

天邪鬼で、こじらせてて、意地っ張り。かわいげがないことも、重々承知だ。

別に無理して他人に好かれたくなんかない。

弱みも見せたくない。本当の自分も知られたくない。

他人のフォローなんかいらない。自分のことは自分で守る。

だから、この先も一生、一人でいいと思っていた。

思っていたのに、気がつけばこいつが隣にいて、当たり前のように手を差し伸べてくる。

自分のために身を投げ出し、生意気にも説教を垂れ、真剣な顔で諭す。

――あなたはそんなふうに自分を安売りしていい存在じゃない！

――野良オメガだからなんだっていうんですか。

――あなたは俺の〝魂のつがい〟です。

——俺は……あなたにもっと自分を大切にして欲しいんです。

(なにが〝魂のつがい〟だ。アルファのくせに……)

「着きましたよ」

横合いから声がかかり、物思いを破られた。苅谷がコインパーキングの空きスペースに車を駐めるのを待って、シートベルトを外す。花束を持って外に出ると、苅谷も運転席から降りてきた。コインパーキングから目的地まで、二人で肩を並べて歩く。

歩道橋から岩城に突き落とされたショウが遺体で見つかった現場——歩道のガードレールには、大きな花束が立てかけられていた。もしかしたら、『守宮屋』のオーナーとスミレが供えたのかもしれない。

その『守宮屋』のオーナーに、ショウの遺体は引き取られることとなった。身内のみで密葬を執り行い、オーナーに縁のある寺に埋葬する予定のようだ。ショウ自身は『守宮屋』から出たがっていたが、子供の頃から面倒を見てきたオーナーにとっては、ショウは息子のような存在だったのかもしれない。

天音は持参の花束を、先に立てかけられてあった花束の下に置いた。

「お供えされていた花束も本浄さんの花束も、どちらも紫陽花ですね」

共通点に気がついた苅谷が指摘し、天音は種明かしをする。

「ショウって名前はな……漢字だと紫陽って書くんだよ」

「そうだったんですか」

納得したようにうなずいた苅谷が、「そういえば」と言葉を継いだ。

「『守宮屋』の人たちは、皆さん、花の名前ですね」

「カンナ、スミレ、ショウ……か。どのみち源氏名だけどな」

ぼそっとひとりごちてから、紫陽花に向かって手を合わせる。目を閉じて、心のなかでショウに語りかけた。

（とりあえず、俺にできることはやったつもりだ。まだ岩城が起訴されるかどうかも決まってないし、心安らかにってわけにはいかないだろうが、少なくともこれからはもう意に染まない行為（こと）をする必要はない。天国で思う存分、好きな本を読んでくれ……）

ショウの冥福（めいふく）を祈って一礼し、目を開ける。横目で隣を見やると、苅谷はまだ手を合わせていた。

（なにをそんなに長々と報告してるんだ？）

訝しげに横顔を眺めていて気がつく。閉じた目を縁取るまつげが意外なほど長い。まっすぐで高い鼻。上下の唇から顎（あご）、喉仏にかけてのカーブが流れるように美しく、一方で顎先から蝶番（ちょうつがい）に至るラインはシャープ。

（よく見たらこいつ、耳の形まで完璧じゃん）

傍らの男の横顔を見るともなしに眺めていた天音は、ぽつっと額に当たった雨粒に肩を揺らした。苅谷もぱちっと目を開く。

「いま、ぽつりときましたか」

「ああ、結構大粒だな」

「天国のショウくんの涙ですね」

「なんのポエムだよ」

そんなやりとりをしていると、みるみる上空が暗くなり、冷たい風が吹きつけてきた。遠くで雷がゴロゴロと鳴り始める。

「……雲行きが怪しいな」

「駐車場に戻ったほうがいいかもしれません」

二人で駐車場に向かって走り出したが、途中で大粒の雨がバラバラと降り注いできて、あっという間に本降りになった。

ザーザーと斜めに降る雨で前が見えず、暴風雨がひどくて音も聞こえない。なんとか駐車場に辿り着き、車に乗り込んだときには、下着までずぶ濡れになっていた。

「くそっ……靴のなかまでぐしょぐしょだ」

「ハンカチ、どうぞ」

苅谷がハンカチを渡してくれたが、焼け石に水だった。薄い布はすぐに水分を吸って使い物にならなくなる。

濡れた衣類が体に纏(まと)わりつく感触が我慢ならず、天音は「車を俺の部屋に回せ」と命じた。

「本浄さんの部屋ですか？」

髪の水分を手で拭(ぬぐ)っていた苅谷が、驚いたように聞き返してくる。

「それしかないだろ。ここから一番近いし、シャワーもある。濡れた服も乾かせるしな」

一瞬、なにか言いたそうな顔をした苅谷が、結局「……わかりました」と応じて、車をコインパーキングから出した。

フロントガラスを叩きつける土砂降りの雨のなか、五分ほどで天音が住む集合住宅に着く。住人用の駐車場に車を駐め、急いで建物のエントランスに駆け込んだ。十メートルほどの距離だったが、また濡れた。

エレベーターで三階まで上がり、部屋の前で鍵を取り出す。髪や服から絶え間なく雫(しずく)がぽたぽたと落ち続け、足元のコンクリートがたちまち黒く濡れた。

解錠してドアを開けて、「入れ」と苅谷を促す。

「失礼します」

苅谷のあとから入室した天音は、玄関マットの上でぐっしょりと濡れたコートを脱ぎ、スニーカーを脱いで裸足(はだし)になった。水の入ったスニーカーが気持ち悪かったので、少しほっとする。こいつは衣類と一緒にコインランドリー行きだ。

「おまえも脱げよ」

「…………」

促しに、苅谷は躊躇うような素振りを見せたが、やはり濡れた衣服が我慢ならなかったのか、ネクタイを解き始める。ジャケットを脱ぎ、ウェストコートを取って、シャツとトラウザーズになった。

濡れたシャツがぴったりと体に張りつき、浅黒い肌の色が透けて見える。盛り上がった胸筋、肩から二の腕にかけてのなだらかな隆起、きれいに割れた腹筋など、ディテールもくっきりと浮き上がって見えた。

おそらくだが、普段の苅谷は意識的に、もしくは無意識に、アルファフェロモンをセーブしている。抑制しなければ、日常生活に支障を来すからだ。それでもある種の女は吸い寄せられるようだが。

しかしいま、突然の雨というアクシデントのせいで、そのガードが緩み、無防備にアルファフェロモンが漏れ出しているように思えた。

そのせいか濡れそぼった肉体が妙にエロティックに見え、たまらず目を逸らす。そんな自分に心のなかで突っ込んだ。

(男の体なんか見飽きてるだろーが)

だが、苅谷は自分とは明らかに違う。同じ男でも、体の成り立ちから異なっている。

それは個体差なのか。それともアルファとオメガの違いなのか。

考えてもわからない。

答えが出ずとも居たたまれない気分はどんどん募ってきて、そっぽを向いたまま、天音は苅谷に「先にシャワーを浴びろ」と命じた。

「いや、俺はあとでいいです。先に本浄さんが」

「いいから早く入れ！」

大声を出すと、苅谷がやむなしといった声音で「……では、お先に失礼します」と言った。

ほどなくして浴室のドアがギィーと開き、バタンと閉まる。

「……ふー……」

濡れたカットソーとボトム姿の天音は、ぺたぺたとフローリングを歩き、ステンレスシェルフに近寄った。シェルフからタオルを取り、頭をごしごしと拭(ふ)きながらソファに腰を下ろす。

どうして苅谷に対してこんなにキレやすいのか、自分でもよくわからなかった。

別に足手纏(あしでまと)いってわけじゃない。それどころか、かなり有能だ。自分が苦手な分野に長けているので、コンビとしての相性も悪くない。

はじめの頃は向こうもこっちを嫌っていたし、苛立ちをいちいち顔に出して突っかかってきていたが、慣れてきたのか、はたまた諦めたのか、だんだんそれもなくなってきた。

生意気で無謀な面もあるが、基本は紳士的だし、肝心なところでは自分を立てる。

例の〝アクシデント〟にしても、ちゃんと言いつけどおりに「なかったこと」にして、秘密も守っている。まあ、野良オメガのオスと寝たなんて体面が悪くて言えないってのが正解なのかもしれないが。

なのに――時折激しく苛ついて、キツく当たってしまう。

あいつの鷹揚さが原因か？

――あなたはそんなふうに自分を安売りしていい存在じゃない！

――野良オメガだからなんだっていうんですか。

――俺は……あなたにもっと自分を大切にして欲しいんです。

（そうかもしれない）

アルファのくせに、野良オメガを同格だと思っているような言葉の数々に、普段は奥深くに眠らせている、自分のなかの劣等感が刺激されるのだ。

そんなわけがない。アルファとオメガが同等なわけがない。

所詮（しょせん）は支配者と、支配される者。

交わることなんかない。永遠に平行線だ。

いまはたまたま波長が合っているが、長くはもたない。

バディなんて、やっぱり柄じゃない。

「うまくいきっこねえ……」

ぼそっとひとりごちたとき、ガチャッと浴室のドアが開いた。

「シャワー、ありがとうございました。あと、すみません、勝手にバスタオルを借りました」

振り向くと、腰にバスタオルを巻いただけの苅谷が、脱いだ衣類を手に立っている。

「……っ」

いきなりのセミヌードに声が漏れそうになり、あわてて喉を締めた。

落ち着け。たかが野郎の裸の一つや二つ……なにを動揺してるんだ。

あんながっついた獣みたいなセックスしといて、今更だろ？

だが実は、あのときは薬でラリッているに等しい状態だったので、詳細をよく覚えていないのだ。とにかく、ひたすら気持ちよかったことしか……。

「……濡れた服、ラックにかけて干しておけよ」

内心の動揺を抑えつけ、平静を装って指示を出した天音は、ソファから立ち上がった。苅谷の横を通って浴室に入る。

後ろ手にドアを閉めて、「……はー」と息を吐いた。今日の自分はおかしい。

「……疲れてんのかもな」

考えてみればこのところほとんど寝ていないし、起きているあいだは、事件解決の糸口を探してかけずり回っていた。

その事件にも片がついた。そうなってしまえば、否(いや)が応(おう)でも棚上げしていた案件と向き合わざるを得ない。

この先も、苅谷とバディを続けるか、否か。

アルファの苅谷と野良オメガの自分のコンビはアリか、ナシか。

五日前なら迷いもしなかった問いに、いまはすぐに答えが出なかった。

この五日間、いろいろなことがありすぎたし、ひどい寝不足だし、疲れている。

(……とりあえずシャワーだ。このままじゃ風邪をひく)

またしても課題を一時棚上げした天音は、衣類を脱いで浴室に入った。熱いシャワーを浴びて、体を洗い、髪も洗う。

だいぶ生き返った心地になり、バスルームから出て体を拭いた。パウダールームの棚に置いてあったTシャツを被って、ハーフパンツを穿いた。

頭をタオルで拭きながらパウダールームを出ると、苅谷はまだ半裸のままだった。窓に向かって立ち、雨の様子を眺めている。

(そうか……着替えがないのか)

気がついた天音は、パウダールームに引き返し、バスローブを摑んで戻った。

「ほら、これを羽織れ」

投げたバスローブを、苅谷がキャッチする。

「ありがとうございます」

丁寧に礼を言ってから、バスローブを羽織って腰紐を縛った。身長差のせいで丈が少し短いが、半裸よりはマシだ。

　バスローブ姿の苅谷が近づいてきて、「雨、やみませんね」と言った。

　近くで見ると、濡れているせいで髪が普段よりワントーン暗くなり、そのためもともと彫りの深い顔立ちがより立体的に見えて、見知らぬ男がそこにいるような錯覚に囚われる。

（油断しやがって。フェロモンだだ漏れじゃねえか）

　ちっと小さく舌打ちをし、カフェテーブルの上の煙草(たばこ)に手を伸ばした。一本抜き出し、唇に咥(くわ)える。火を点けようとして、ライターが見当たらないことに気がついた。

「ライターですか？」

　よく気の回る男が確認してくる。

「ああ」

　天音が視線で探しているあいだに、苅谷がカフェテーブルの下に落ちていたライターを拾い上げた。「どうぞ」と差し出され、「サンキュ」と受け取ろうとしたが、ライターが手許からつるっと滑って落ちてしまう。

「「あっ」」

　ライターをキャッチしようと動いた天音と苅谷の手がぶつかり、ばちっと火花が散った。

「………っ」

　触れ合っている場所からびりびりと電流が走り、あわてて手を引いたが、時すでに遅し。顔を上げて、不意を衝かれたように瞠目する苅谷と目が合った瞬間、ドンッと大きく心臓が跳ねた。

（ヤバい）

ドッドッドッと鼓動が早鐘を打つ。呼吸が浅くなり、こめかみにじわっと汗が滲んだ。

身に覚えのある〝兆候〟に、絡み合っている視線を無理矢理引き剝がして、じりじりと後ずさる。

奥歯を嚙み締めてなんとか発作をやり過ごそうとしたが、動悸はいっこうに収まらず、むしろどんどん体温が上昇していく。

（おかしい……）

確かにいまは発情期の期間中だが、朝に抑制薬を飲んだばかりだ。

なのに……なんでだ？

あの〝アクシデント〟のときもそうだった。苅谷に腕を摑まれたとたんに、薬の効果が切れた。

苅谷がアルファだから？

いや……これまで何度か表彰された折にキャリアのアルファと会い、握手をしたこともあったが、薬の効果が無効になるなんてことは一度もなかった。

こんなイレギュラーは、こいつとのあいだにしか起こらない。

どういうことだ。この現象はなにを示している？

混乱する脳裏に、いつかの苅谷の台詞がふっと蘇った。

――もしかしたら俺たちは〝魂のつがい〟なんじゃないでしょうか。

（……まさか）

そんなはずはない。アルファのなかでもトップクラスの首藤家（しゅとうけ）の三男坊と、野良オメガの自分が〝魂のつがい〟なわけがないだろう。大体、あんなものは都市伝説だ。現実に起こり得ないから、おもしろおかしく尾ひれがついて流布（るふ）する類いの妄想話だ。

そう思って、あのときも一笑に付した。

だが――だとしたら、いまこの身を呑み込もうとしている、嵐のような衝動はなんだ？

息が……苦しい。体が熱い。熱い。

（熱い！）

「……本浄……さん？」

掠（かす）れた声で名を呼ばれて顔を上げる。苅谷もまた、天音と同様に発汗し、苦しそうに眉をひそめていた。

（こいつも――発情している）

気がつくと同時に「出て行け！」と叫んだ。「早く！」と玄関のドアを指差す。

「本浄さん？」

「いいから早く出て行け！」

戸惑う男を、どんっと突き飛ばした。

「待って！　待ってください！」

「うるせえ！」

懇願に耳を貸さずに、立て続けにどんっ、どんっとどつき続ける。問答無用で玄関まで追い立てて、片手でドアを開け、もう片方の手で刈谷を外に押し出した。

部屋から追い出すなり、バタンとドアを閉め、ガチャッと鍵をかける。ドアに背中をくっつけた状態で、ずるずるとしゃがみ込んだ。びりびりと痺れる手で、震える体を抱き締める。奥歯をきつく噛み締めて、体内で荒れ狂う凶暴な衝動を抑えつけた。

（鎮まれ！　鎮まれ！）

懸命に念じていると、背中が触れているドアがドンドンドン！　と強く叩かれる。

「開けてください！」

苅谷の声だ。

「本浄さん、開けてください！」

ガチャガチャとドアノブを回す音。続けてふたたび、ドンドンドン！

「うるせえ！　黙れ！」

蹲ったまま怒鳴った。すると今度はドアにバンッという衝撃音が響く。締め出されたことに憤った苅谷が、ドアに体当たりしているらしい。

「いますぐ開けないとドアを蹴破りますよ！」

宣言するなり、本当にガンッ、ガンッ！　とドアを蹴りつけてきた。アルファの本気パワーをもろに受けたドアが軋(きし)んで、ギシギシと音を立てる。

ガンッ、ガンッ！

背中に立て続けの衝撃を感じて、天音は頭を抱え込み、丸まった。

「どうして開けてくれないんですか？　俺が怖いんですか？」

「……っ」

挑発にこめかみがカッと熱くなる。ばっと立ち上がった天音は、震える手で鍵を開け、ドアノブを回した。怒りに任せてドアを押し開ける。

「おまえみてーなガキ、怖いわけねえだろ！」

怒鳴りつけた刹那(せつな)、腕を摑まれ、ぐいっと引き寄せられた。

「やっぱり……震えているじゃないですか」

バスローブの胸にぎゅっと抱き込められて、感電したみたいな電流が全身を駆け巡る。苅谷の胸元から立ち上るアルファフェロモンに、頭がクラクラした。

「好きです」

耳に熱い息がかかる。

「あなたが好きです」

（……好き？）

のろのろと視線を上げると、熱っぽい眼差しとぶつかった。青みがかったグレイの瞳に、酔ったような顔つきの自分が映り込んでいる。

「アルファもオメガも関係ない。俺が、あなたを好きなんだ」

衒いなくまっすぐで、熱くて、無神経な告白に背筋が震えた。

関係ないとか軽々しく言うな。

おまえたちアルファに、俺たち野良オメガの苦しみがわかるものか。

見下され、利用され、挙げ句の果てに吸い殻みたいに踏みにじられる。

どんなに足掻いても這い上がれない絶望と、根っこに染みついた劣等感。

生まれつき特権階級のおまえになにがわかる！

罵倒しようとしたが、喉が締め上げられたみたいに引き攣って、声が出ない。

「本浄さん、好きです」

もう言うな。これ以上、聞きたくない！

「あなたが好……」

天音は震える手で苅谷の首を引き寄せ——噛みつくようなキスで、続く言葉を塞いだ。

はじめにキスを仕掛けたのは天音だったが、すぐに逆転されてしまった。

数秒、奇襲を受けたかのようにフリーズしていた苅谷が、やおら天音の後頭部を摑んで引き寄せ、唇をこじ開けるようにして開かせて、舌をねじ込んできたのだ。

「んっ……むっ……んン」

口腔に押し入られ、分厚くて熱い舌で、ぐちゃぐちゃに搔き混ぜられる。喉の奥まで攻め入れられる苦しさに喘（あえ）いだ。くちゅっ、ぬちゅっと鼓膜に音が響き、唾液が口の端から零れ落ちて喉を濡らす。

口のなかをねっとりと情熱的に犯しながら、大きな手が頰を包み込み、もう片方の手が耳のピアスを弄（まさぐ）った。きゅっと引っ張られると、ぴりっと甘い痛みが走り、首の後ろがぞわっと粟立つ。

（こいつ……キス……うまい）

愛撫のようなキスにうっとりと身を任せていると、絡まり合っていた舌が解かれ、ちゅくっと音を立てて唇が離れた。

「……はあ……はあ」

胸を喘がせつつ、至近距離にある青灰色（ブルーグレイ）の瞳をぼーっと眺めていた天音の耳に、ほどなくザーザーという雨音が届く。キスに夢中で意識から消滅していたその音によって、ここが外廊下であることを思い出した。

（ヤバい）

こんなところを、近隣住人に見られたら厄介だ。

あわててバスローブの襟を掴み、後ずさって、苅谷を玄関のなかに引き込んだ。苅谷の背後でドアがバタンと閉まる。ほっと息を吐く間もなく、腰に腕が回ってきて、ふたたび唇を奪われた。

「……んふっ……」

さっきよりもしつこく、舌や粘膜や歯列を陵辱しつつ、苅谷がもどかしげに下半身を押しつけてくる。バスローブ越しにも熱く盛り上がった塊が、太股にゴリゴリ当たって、背筋がぞくぞくした。

タラシで色事の場数を踏んでいるはずの苅谷がティーンエイジャーみたいにがっついて、キスだけでもうこんなに欲情しているのかと思うと興奮する。かくゆう天音自身も、すでに下腹部がきつく張っていた。

ヒート中はちょっとしたきっかけで勃起しがちだが、それにしても早い。

発情した苅谷が振りまく、アルファフェロモンのせいか……。

濃厚なフェロモンに早くもやられて、ジンジンと痺れた頭の片隅でそんなことをぼんやり考えていると、口接を解いた苅谷が、膝頭で股間をくいっと押し上げてきた。

「あうっ」

不意討ちの刺激に、思わず声が出る。いまの刺激で、さらに下腹の奥がじわっと熱を持った。

「同じだ……」

苅谷が耳許に口を寄せて囁いてくる。

「本浄さんも硬くなっていますね」

どことなくうれしそうな声が耳殻をくすぐった。

「ベッドはどこですか？」

（ベッド？）

引き続き麻痺した頭で考える。

「……上だ。ロフト」

「ロフト？……そこまで待てない」

切羽詰まった声音が告げるやいなや、いきなり体がふわっと浮き上がった。ぼんやりしていたせいもあって、とっさにはなにが起こったのかわからない。

「……な、なん……っ」

視界に映り込んだ天地が逆さまの光景に、ようやく自分が苅谷の肩に担ぎ上げられているのだと気がついた。左肩に天音を担いだ苅谷が歩き出し、「うわっ」と声が出る。こんなシチュエーション、生まれて初めてだ。

「てめえ……下ろせ！　こらっ……苅谷っ」

足をばたつかせ、脇腹を拳で殴ったが、苅谷はびくともしない。揺るぎない足取りで、百七十八センチの成人男子を軽々とソファまで運び、座面に落とした。尻でバウンドした天音に、大型肉食獣を思わせる、躍動した肉体が覆い被さってくる。

「ちょ……待て！」

首筋にむしゃぶりついてきた男の背中を、バンバン叩いた。

「待てって！　おい！」

バスローブの背中の布を摑み、ぐいぐい引っ張って引き剝がす。いかにも渋々といった動きで、覆い被さっていた苅谷が離れた。

「なんですか？」

焦燥を帯びた声で訊いてくる。余裕のない顔つきからも、苅谷がすでにラットモードに入っているのがわかった。ノーブルに整った貌が、早く続きをしたくて焦れているのが妙にエロい。

「まさかここでお預けとか……」

「それはねーよ」

天音だってもう、ヒートのスイッチが入ってしまっている。引き返せない状態だ。

「ただし、今回は俺がイニシアティブを取る」

天音の宣言に、苅谷が訝しげな表情を浮かべる。

「本浄さんが？」

過去のセックスは女が相手だったろうから、そもそもそういった発想がないんだろう。

だがあいにく、こっちは男だ。前回は想定外の〝アクシデント〟だったし、初めてのアルファとのセックスだったせいで、終始苅谷ペースだったのは致し方ない面もあったが、年下男にやられっぱなしでは沽券に関わる。

(年上のプライドってもんがあるんだよ)

心のなかでひとりごちた天音は、「退け」と苅谷を押しのけ、ソファから下りた。それを見て自分も立ち上がろうとした苅谷を「おまえは座っていろ」と押しとどめる。苅谷の足元のラグに膝立ちになり、バスローブの腰紐の結び目を解いた。

「本浄さん、待っ……」

苅谷が制止の声を発したが、無視してバスローブの前をぱっと開く。

まず目に入ったのは、盛り上がった二つの胸筋だ。限界まで絞られた腹部は、くっきり六つのブロックに割れている。形のいい臍。さらに下に視線を移動すると、ダークブラウンの下生えが見えた。叢からそそり立つ逞しい屹立を視界に捉えた刹那、無意識に喉がごくりと鳴る。

アルファの勃起した性器を見たのは初めてだ。苅谷と寝るのは二回目なので、なにがなんだかよくわからないままに流されて溺れた前回よりは、少しばかり精神的な余裕があり、じっくり観察することができる。

(こんなデカいの、よく入ったな)

あのときは予定にないヒートで朦朧としていたし、体位がバックで、よく見えていなかったからなんとかなったのだと思った。それでもかなり大変だった。見えていたら体が萎縮してしまい、まず受け入れられなかっただろう。

圧倒的質量だけでなく、長さも太さも形も完璧。非の打ちどころがないとはこのことだ。こんなところまで優位にできているなんて、創造の神はどこまでアルファを贔屓するのかと文句の一つも言いたくなる。アルファの生殖能力を高める〝ノット〟は、目視では確認できなかった。入れるときに邪魔になるだろうから、挿入後に発達するものなのかもしれない。

めずらしいアルファの勃起した性器をしげしげと眺めていたら、困惑したような声が頭上から落ちてきた。

「あんまりじっと見ないでください。……大きくなってしまいます」

これ以上大きくなったら、挿入時に大変だと言いたいらしい。

そうなれば辛いのは自分だとわかっていたが、どうしても目を離せずにいると、屹立がぴくっと震え、角度がぐんと増した。さらに強烈なアルファフェロモンが放出される。

（すげえ……）

フェロモンの触手に搦め捕られたように、気がつくと天音は苅谷自身に顔を近づけていた。舌を伸ばして、なめらかな亀頭をぺろりと舐める。両手で摑んでいる筋肉質の太股が、ぴくりとおののいた。

　続けてシャフトの隆起に舌を這わす。頭上で苅谷が「うっ」と息を詰めた。天音自身、フェラチオをするのは初めてだったが、さほど抵抗はなかった。なにしろ、先に苅谷にやられている。苅谷だって、あのときが初フェラだったはずだが、臆している様子は微塵もなかった。おそらく勘がいいのだろう。初めてにしてはかなりうまかった。

　ならば自分も負けてはいられない。

（あのときより、ぜったい気持ちよくしてやる）

　負けん気に火が点いた天音は、闘争心を滾らせ、軸に唇で吸いついた。エラの下のくびれに舌先を這わせ、皮を甘噛みする。自分がやられて気持ちよかった方法で、敏感な場所を集中的に攻めた。裏筋を尖らせた舌先でつーっと舐め上げると、触れている太股の内側がぎゅっと固くなる。どうやら、苅谷と自分の快感ポイントにさほど大きなズレはないようだ。

「……っ……」

　時折、苅谷が胴震いで快感を伝えてくる。

　手応えを感じた天音は、根元を片手で押さえ、唇を窄めて、亀頭からゆっくりと口に含んだ。分量的に全部を口に入れるのは無理なので、半分くらい含んでから、舌で亀頭を舐め回した。先端の切れ込みを舌でつつく。苅谷が息を呑んだ。ぬるっとした体液が溢れてきて、独特のえぐみが舌先に広がる。もっと不味いと思っていたが、覚悟していたほどではなかった。なによりカウパーは、苅谷が快感を得ている証拠だ。

ますます熱を入れ、唇でシャフトに圧をかけて、顔を上下する。モノがデカいので次第に顎関節が痛くなってきたが、意地で続けた。苅谷が「うっ……」と呻き、手を伸ばして、天音の髪を掴む。

「……本浄……さ……離し……っ」

苅谷が掴んだ髪を後ろに引っ張り、引き離そうとした。それに逆らい、なおのこと激しく唇で扱く。

すると口のなかの欲望がぐんっと反り返った。凶器のごとく反り返った先端で、上顎の裏を擦られ、首の後ろがぞくぞくする。

(あ……)

下腹部がずくっと疼き、先端がじわっと濡れ、ハーフパンツにシミを作った。

(……まだなんにもしてねーだろ?)

自分で自分に突っ込む。

フェラ〝されて〟感じるのはわかるが、〝して〟感じるなんて……おかしい。

「本浄……さんっ……」

苦しげな声で名を呼んだ苅谷が、不意に髪から手を離したかと思うと、天音の顔を両手で挟み込んだ。固定しておいて、怒張をぐっと口の中に押し込む。

「んぐっ……」

茢谷が腰を前後に激しくピストンし始めた。いきなり主導権を奪い取られた天音は、なす術もなく口腔内を陵辱されるほかない。

「んっ……むんっ」

張り詰めた屹立が出入りするたびに、じゅぶっ、じゅぶっと水音が漏れ、唇の端から涎が溢れた。顎を伝った唾液が、喉までびちょびちょに濡らす。

「ふっ……っ……ンくっ」

鼻からしか息ができず、苦しくて眼球に涙の膜が張った。けれど、苦しいだけではない感覚が、天音を陶然とさせる。

(これは……なんだ？　脳天が痺れるようなこれは……)

がっちり両手で押さえ込まれているので逃げることもできず——未知の感覚に混乱しているあいだにも、ごつごつした欲望が口腔を出入りし、どんどん膨張していく。一ミリの隙もなくみっちりと、いっぱいいっぱいに占拠され、もう無理だと思った瞬間、茢谷がくっと眉根を寄せた。

「もう……出るっ」

差し迫った声を発した直後に、膨らみ切ったものが、どんっと弾ける。天音の喉奥に、ぴしゃっと熱いザーメンが叩きつけられた。若さもあるのだろう。発射の勢いが激しくて、まさしく叩きつけるといった表現がぴったりだ。

濃厚でたっぷりとした量の白濁を、反射的にごくんと呑み込む。直後、独特なにおいが喉から鼻に抜けた。

(これが……アルファの……味)

喉から食道を伝った精液が胃に落ちるのと同時に、体の中心部がカーッと熱くなる。まるで真っ赤に焼いた鉄の球を呑み込んだみたいな、尋常じゃない熱さだ。心臓がドクドクと乱れ打ち、汗が噴き出し、全身が細かく痙攣し出した。

アルファの精液を体内に取り入れたことによって、ヒートが第二フェーズに入ったのがわかる。ここまで来たら、もうぜったいに後戻りはできない。

「……大丈夫ですか?」

腹のなかでカッカと燃える灼熱を持て余していると、射精後の放心から我に返ったらしい苅谷が、天音の顔を覗き込んできた。

「本浄さんの口のなかがすごく気持ちよくて……止まらなくなってしまってすみません」

エクスキューズを口にする、申し訳なさそうな表情にすら欲情する。

「おい」

嗄れた声で命じた。

「ゴム取ってこい」

顎でシェルフをしゃくると、暴走して口のなかに出してしまった負い目からか、苅谷は黙って立ち上がる。二度目なので迷いなくコンドームの箱を開け、四角いパッケージを手にして戻ってきた。

「座れ」

もう一度ソファに苅谷を座らせ、天音自身はハーフパンツを脱いだ。完勃ちのペニスがぶるんっと勃ち上がる。苅谷が両目を見開き、ごくっと喉を鳴らした。天音の勃起を食い入るように凝視する男の膝の上に、向かい合わせで跨る。それだけで、さっき達したばかりの苅谷の一物が、ぐんっと勃ち上がった。大した回復力だ。もちろん若さもあるが、無意識のうちに自分が発しているオメガフェロモンの作用もあるのかもしれない。

「ゴム、貸せ」

手渡されたパッケージを歯でぴりっと破り、ゴムを取り出した。目の前の苅谷の欲望にあてがい、くるくると被せ、根元までぴっちり覆う。慣れた手つきを黙って見ていた苅谷が、不意に低い声を出した。

「……これまで何人と寝たんですか？」

唐突な詰問口調に眉をひそめる。

「正直に言ってください。怒らないから」

そう言う声が、すでに憮然としていた。

「怒らないもなにも、そもそもおまえに怒る権利があるのかよ？　それに人のことが言えるか？

女をたらしまくりのタラシが……」

　痛いところを突かれた苅谷がぐっと詰まる。

「……お互い様ということですか」

「そうだ。――ほら、準備完了」

　ゴムを嵌めた屹立をぱちっと軽く叩いてから、天音は腰を浮かせ、右手を後ろに持っていった。尻と尻のあいだのスリットに指を潜り込ませてアナルを探る。

　天音がなにをしようとしているかに気がついた苅谷が「俺がやります」と申し出てきた。

「うるせえ。手出しすんな」

　フェラも途中で主導権を奪い返されたことに腹が立っていた。今度こそイニシアティブを握る。

「おまえはじっとしていろ。一ミリも動くな。いいな?」

　目の前の顔を睨みつけて釘を刺し、窄まりに中指をつぷっと押し込んだ。案の定、ヒートの第二フェーズに入ったそこは、すでにしっとり湿っていた。長年子宮を持つ自分の体が疎ましかったが、今日ばかりはそう悪くないと思えた。分泌液で潤んだ筒に指を沈め、自分で解す。

　肉壁を擦って、指を回転させ、狭い筒のなかをマッサージした。眉をひそめて後ろを弄ると、なかからの刺激に連動して、ペニスがぴくぴくと震える。ほどなく先端からじわっとカウパーが溢れた。

「……っ……っ」

時折漏れる息と、ニチャニチャと粘ついた音が部屋に響く。自分で尻を解す痴態を、息を潜めた苅谷が、まじろぎもせずに見つめてくる。熱い視線を意識しながら、天音は指をぬるっと引き抜いた。

そろそろイケるはずだ。

いつの間にかさっきより角度がついていた苅谷の欲望に片手を添えて固定し、やわらかく解した後孔にあてがう。思い切って体をぐっと沈めると、ずぶりと先端が突き刺さった。

「ひ、うっ」

覚えず、喉から悲鳴が飛び出る。全身の毛穴という毛穴が開き、冷たい汗がぶわっと噴き出た。あんなに解したのに、やはり並の太さじゃない。

反射的に腰を浮かしかけ、かろうじて踏みとどまった。ここで逃げたら、欲しいものは手に入らないと思い直したからだ。

逃げたがる体を押さえつけるために苅谷の肩を摑み、さらに腰を落とした。ずぶずぶと貫かれる衝撃に、生理的な涙が溢れる。

「本浄さん……大丈夫……ですか？」

そう訊いてくる苅谷の声も掠れて、苦しそうだ。

「黙って、ろ」

浅い呼吸を繰り返し、体を前後左右に揺らしつつ、剛直を少しずつ受け入れた。最後は自分かかる。

の体重で串刺しになる。

「──っ──あぁっ」

根元まで屹立を呑み込んだ刹那、天音のペニスが爆ぜた。苅谷の裸の胸にぴしゃっと白濁がかかる。

「……あ……あ……」

放埒の余韻に震える天音を、苅谷がぎゅうっと抱き締めてきた。

「……本浄さん……」

愛おしげに名前を呼ぶ耳許の声に、体中の力が抜けそうになる。

「はあ……はあ」

入れただけでイッてしまった。いわゆるトコロテンだ。

(くそ)

口ほどにもない自分に腹が立つ。まだそれこそ一ミリも動いていない。

「離せ」

みずからを奮い立たせ、苅谷を押し戻して動き始めた。体をゆっくりと上下、左右、前後に動かす。試行錯誤を繰り返して、ほどなくコツを摑んだ。

「……んっ……ふっ」

抜けるギリギリまで浮き上がって腰を回したり、自分で気持ちいい場所を擦りつけたり、締めつけたりしているうちに、〝なか〟の太い脈動がじわじわ存在感を増していく。まだ膨張する余地があったことに驚いた。苅谷によって押し広げられ、苅谷が発する熱に炙られて、粘膜がジンジン痺れてくる。一度達したせいで、かなり敏感になっているらしい。

「ああっ」

意図せず、張り出たカリに前立腺を擦りつけてしまい、脳髄まで甘く痺れた。

(気持ち……いい)

甘美な快感に全身がざわめく。顔を仰向けにして陶然と腰を揺らしていた天音は、ふと視線を感じて正面を見た。青灰色の瞳と目が合う。苅谷がじわりと双眸を細めた。

「いい眺め……エロくて最高だ……」

うっとりと囁くなり、もうじっとしていられないというふうに手を伸ばしてくる。天音のTシャツを捲り上げ、すでに膨らんでいた乳首を摑んで、きゅうっと引っ張った。

「っ、あっ」

揉み立てられた乳頭から、びりびりと微弱な電流が走り、腰が浮き上がる。いつの間にかまた勃ち上がっていたペニスから、白濁混じりのカウパーが溢れた。とろとろと軸を伝った先走りが、アンダーヘアを濡らす。繋がっている苅谷の下生えまで湿らせた。

上下運動に合わせて、結合部からくぷっ、ぬぷっと水音が響く。苅谷の先走りと、天音の分泌液が混ざり合う音だ。ソファがギシギシと軋み、二人分の汗が革の座面に飛び散る。

「……なか……濡れてぐしょぐしょ……」

いやらしい声で耳殻に囁かれ、首筋がそそけ立った。きゅうっと媚肉が収斂して、苅谷を締め上げてしまう。

「うっ……」

息を詰めた苅谷が、次の瞬間、下からずんっと突き上げてきた。

「あ、うっ」

それを機に、抑制を解き放ったかのようにガンガン攻め立ててくる。下からの叩きつけるような抜き差しに、体がびくびく跳ねたが、完全に離れることはなかった。いつの間にか苅谷の欲望の根元で〝ノット〟が発達し、それがフックの役割を果たしていたのだ。

「本浄さん……ここ……どう?」

間断なく突き上げながら、苅谷が訊く。

「それとも……こっち?」

「う……あ……ん、っ」

抉るような一刺しごとに、濃厚な快感が体全体に充満して、まともな返答ができなかった。官能が深すぎて頭がクラクラする。

それでもなお、貪欲な内襞は苅谷をもっと深く味わおうと蠢いていた。アルファフェロモンの源に絡まりついて、きゅうきゅうと引き絞る。

「すごいな。うねって……絡みついてくる」

苅谷が感嘆めいた囁きを零した。かと思うと、眉をひそめ、少し乱暴な言葉使いで詰ってくる。

「あんた……締めつけすぎだよ」

わかっていても、欲深い自分を止められなかった。

全身に纏わりつくアルファフェロモンが神経中枢を麻痺させて、頭が白く霞んで、もはやなにがなんだかわからない。

わかるのは、もっと、もっと欲しい……それだけ。

もっと強く。穿ってくれ。壊れても構わない。バラバラになってもいいから――!

天音の心の叫びをキャッチした苅谷が、天音を抱えたままソファから立ち上がり、ラグに移動させた。仰向けに横たわった天音の下半身を持ち上げると、左足を肩に抱え上げて、より深い結合を強いる。

膝立ちになった苅谷の貌は逆光で潰れているが、二つの目だけが青白く光っていた。獲物に食らいつく直前の獣の目に、ぞくっとおののいた直後、いきなりラストスパートをかけてくる。

「あっ、あっ、あっ」

パンッパンッと肉と肉がぶつかる音が響いた。結合部から二人分の体液が滴り落ちる。舌を噛みそうな勢いで揺さぶられて、激しい抽挿に視界がぶれる。めちゃくちゃに掻き混ぜられて、背中がラグに擦れた。その痛みもまた快感へと変わり、官能がさらに膨らむ。

「……そこっ……もっと、そこっ」

「ここ？　ここがいいの？」

「そ……こ……いいっ……い……あぁっ……」

張り詰めた充溢で、感じる場所をひときわ強く抉られ、脳天までびりびりと電流が走った。体内で限界まで膨張していた快感の塊が弾け、天音はがくんと大きく仰け反る。

「……イクっ……う、ぅっ」

絶頂を迎えた天音の、きゅうっと収斂した場所で、二度、三度と自身を扱き上げた苅谷が、激情を解き放つようにびゅくっと射精した。ゴム越しにも、その熱と勢いを感じて、しならせた体がびくびく痙攣する。

「はあ……はあ」

ぐったりと虚脱した天音に、苅谷が覆い被さってきた。汗で濡れた額に唇を押しつけ、ちゅっ、ちゅっと短いキスを落としてから、目を覗き込んでくる。

「……まだ足りない」

熱く見つめられ、掠れた声でねだられて、天音はふっと唇の片端を上げた。アルファとオメガの共鳴発情が、そう簡単に収まるはずがないのは我が身が証明している。

「俺もだ」

「本浄さん」

苅谷がうれしそうに笑った。まるでおかわりを許可された大型犬だ。

「……来いよ」

舌で唇をぺろっと舐めて誘うと、武者震いよろしくぶるっと身震いした苅谷が、勢いよく飛びかかってきた。


カチッ。

煙草の先端にライターで火を点けて、煙を肺いっぱいに吸い込んだ。

セックスのあとの一服は最高だ。

最中は行為に夢中で気がつかなかったが、まだ雨は降り続いているらしく、ザーザーという音が聞こえている。

Tシャツにハーフパンツの天音が、ソファでふーっと紫煙を吐き出していると、キッチンの冷蔵庫から取り出したミネラルウォーターのペットボトルを手に携えて、苅谷が戻って来た。

セックスのときにはだけて脱げてしまったバスローブを、いまはまた羽織っている。

欲望を散々吐き出したせいか、全開だったアルファフェロモンはいったん収束しているが、事後の気怠(けだる)さを纏う荊谷は、それはそれで別の色気を醸していて目の毒だ。

「飲みますか？」

ペットボトルを目の前に差し出されたが、首を振った。

「俺はいい。おまえが飲め」

「……いただきます」

パキッとキャップを捻(ひね)り開(あ)け、水を喉に流し込む。喉仏が野性的に上下する横顔を眺めていた天音は、ふと思い出したように言った。

「そういやおまえ、今朝、事件現場でずいぶん長く手を合わせていたな」

半分ほど一気に水を飲み干した荊谷が、キャップを締めながら「ああ」とうなずく。

「天国の彼に、あなたがどれだけ体を張ってがんばったかを報告していました。詳しく説明していたら長くなってしまって」

その返答に眉をひそめ、天音は唇から煙草を離した。

「余計な真似すんな」

「余計な真似じゃないでしょう。被害者である彼には、捜査の推移を知る権利がある」

もっともらしく言い分を述べてから、「きっとあなたは自分からは話さないと思ったので」とつけ加えてくる。

「照れ屋ですしね」

「はあ？」

言外に〝あなたのことはなんでも知っている〟とにおわされた天音は、ますますもって眉間に皺を寄せた。どうやら釘を刺しておく必要がありそうだ。

　カフェテーブルの灰皿に吸い差しの先端をぎゅっと押しつけ、「一つ言っておく」と切り出す。

「この先、ボディタッチは一切禁止だ」

「えっ……」

　苅谷が狼狽えた声を出した。

「体のどこかが触れるたびに、二人していちいち発情してたら仕事にならないだろ？　それが、俺たちがバディを組む条件だ」

　取引を持ちかけると、苅谷の顔がみるみる険しくなる。

「そんなバーター、ずるいですよ」

「ずるくて結構。俺にとっちゃ最高の褒め言葉だ」

　嘯く天音を、苅谷が眼光鋭く睨みつけてきた。そんなふうに内面の感情を剝き出しにしても、アルファとしての風格がいっこうに薄れないのだから質が悪い。

　一分近く剣呑な表情で葛藤しているようだった苅谷が、ふうっと息を吐き、「……わかりました」と譲歩してきた。

「その代わり、返事を聞かせてください」

「返事？」

「しらばっくれないでください。さっきの俺の告白の返答です」

とたん、鼓膜に熱を帯びた声が蘇ってくる。

——あなたが好きです。

——アルファもオメガも関係ない。俺が、あなたを好きなんだ。

「…………」

ピルを無効化するほどの共鳴発情があるのだから、まだ若い苅谷がそう思ってしまっても無理はない。

だがそれは本当に恋愛感情なのか。

そもそも性欲と恋愛感情の境目など、境界線が曖昧すぎて、本当のところは誰にもはっきりとはわからないのではないか。

確かにさっきの自分は苅谷が欲しかった。繋がりたかったし、自分のものにしたいと思った。

しかしそれは、ヒートゆえの単なる肉欲だったのか、感情が伴った衝動なのか。

少なくとも、いまの自分には判別がつかない。

「……おまえが言うとおり、俺たちはつがいかもしれない」

しばし沈思黙考した末に、天音は口を開いた。

「――だが、体が共鳴し合うからといって、気持ちまでそうとは限らない」

「〝魂のつがい〟だということは認めるんですか？」

慎重な声音で確認される。

「……仕方ねえだろ？　それに関しては体が証明しちまってる。一度は偶然で済ませられても、さすがに二度のたまたまはない」

不承不承、天音は肯定した。苅谷が顔に喜色を浮かべかけるのを、「ただし」と牽制する。

「たとえつがいなんだとしても、俺たちは互いに自由だ。俺は誰にも縛られるつもりはないし、おまえを縛るつもりもない」

「要するに、俺と恋人関係になるつもりはない？」

「ああ、そうだ」

「……俺はフラれたということですか」

一転して悲痛な表情で確かめられ、肩を竦めた。

「俺としては、これが最大限の譲歩だ。お触り禁止が守れるなら、おまえとバディを組んでやってもいい」

天音の〝かなり上から〟の提案を吟味するように、苅谷は少しのあいだ真剣な顔つきで考え込んでいたが、やがて「わかりました」と首肯する。

「その条件を呑みます」

　口ではそう言ったが、内心のショックを隠し切れず、表情が暗かった。これだけの優良物件を見逃す女などいないだろうから、生まれて初めて袖にされたんだろう。

「――ちょっと耳を貸せ」

　悄然（しょうぜん）と立ち尽くす苅谷を、人差し指でくいくいと招く。怪訝（けげん）そうな面持ちで、苅谷が身を屈（かが）めてきた。

「………」

　形のいい耳に唇を寄せて、ひそっと囁く。

　耳から口を離すと、苅谷の目がじわじわと見開かれた。床のラグに膝を突き、天音の顔を覗き込んでくる。

「いまのって、もしかして」

「俺の本当の名前だ」

「本当の……名前」

　にわかには信じられないといった表情で、鸚鵡返（おうむがえ）しにした。

「誰にも言うなよ。口にも出すな」

「もちろんわかっています。……この名前を知っているの、俺だけですよね？」

「……おまえはバディだからな」

　認めた瞬間、苅谷の顔が輝き、「本浄さん！」と抱きついてくる。

「………っ」

びりびりと全身に電流が走り、天音は電流の源をどんっと突き飛ばした。

「だからくっつくなって言ってんだろーが！」

怒鳴りつけると、苅谷は「すみません」と謝ったが、突き飛ばされても怒鳴られても、その顔はうれしそうだ。

「いまはバディになれただけで充分です」

眩しいほどのアルファオーラを放つ美男が、歓喜を嚙み締めるようにつぶやく。

「でも……この先必ずあなたを改心させて、心と体が伴った本物の〝魂のつがい〟になってみせます」

不敵な顔つきで宣言してくる男に、婀娜っぽく笑いかけた天音は、挑発的に投げ返した。

「やれるもんならやってみろ」

POSTSCRIPT

KAORU IWAMOTO

このたびは『共鳴発情　オメガバース』をお手に取ってくださいましてありがとうございました。人生初のオメガバースです。いつにもまして緊張……（笑）。ここで、オメガバースを書くに至った経緯を少しお話しさせてください。

私事になりますが、今年でデビュー二十周年を迎えました。ここまで小説のお仕事を続けて来られましたのも、ひとえに支えてくださった関係者の皆様と、読み続けてくださった読者様のおかげです。そこで、この二十周年という区切りの年に、皆さんが読みたいものを執筆して感謝の形に変えたいと思い、ツイッターにて「新作でどんなものが読みたいですか？」とリクエストを募ってみました。結果、圧倒的にオメガバースでした。それはもうぶっちぎりで（笑）。

ところが、その時点で私は不勉強にもオメガバースがよくわかっておりませんで（もちろん、すごく人気のあるジャンルだということはわかっていたのですが）、自分に書けるのかしら？　とへっぴり腰になりつつも調べてみたところ、基本設定さえ押さえればわりと

ツイッターアカウント：@kaoruiwamoto

自由度が高いことがわかって、ほっとひと安心。いざプロットを考え始めたら、なんだかどんどん楽しくなってきて、新しい扉を開く新鮮な感覚を満喫しました。いやー、やっぱり、いくつになってもチャレンジ精神は大切ですね。背中を押してくださった皆様、ありがとうございました！

そんな経緯で書き上がったのが本作となります。オメガバース設定に、大好きなバディ要素をプラスしてみました。そしてひさしぶりの年下攻。楽しくて筆が滑って、担当様に「もう少しワンコ度を下げてください」と言われてしまったくらい。男前受の天音も凶暴にしすぎて、そこも「抑えて」と担当様の赤ペン指導が（笑）。でもそのくらい、楽しかったです。煌騎と天音のバディコンビ、皆様にも気に入っていただけたらうれしいです。

さてさて、シウヴァに引き続き、イラストを担当してくださったのは蓮川愛先生です。なんと蓮川先生もオメガバース初挑戦とのことで、お初をいただいてしまいました。カラーの美しさはいつものことながら、今回はとにかくエロいです！　カラーイラストを拝見して、心のなかで思わず「サンキュー、オメガバース」とつぶやきました。蓮川先生の初オメガバースが拝見できて、私も幸せです♡

そして実は、今作と同じ世界観で、コミカライズの原作も担当させていただくことになりました。作画は幸村佳苗先生。小説とは一味違った漫画表現ならではのオメガバース、がんばりたいと思っておりますので、どうか応援よろしくお願いいたします。詳細は発表時期が近づいてまいりましたら、追ってお知らせさせてください。

というわけで、もうしばらくオメガバースが続く感じです。まだまだ奥深い世界の入り口に立った初心者ですので、手探り足探りで楽しく開拓していきたいと思います。よろしかったら、おつきあいくださいませ。

岩本　薫

このたびは小社の作品をお買い上げくださり、誠にありがとうございます。
この作品に関するご意見・ご感想をぜひお寄せください。
今後の参考にさせていただきます。
http://www.bs-garden.com/enquete_form/

共鳴発情 オメガバース

SHY NOVELS351

岩本 薫 著

KAORU IWAMOTO

ファンレターの宛先
〒101-0065 東京都千代田区西神田3-3-9大洋ビル3F
(株)大洋図書 SHY NOVELS編集部
「岩本 薫先生」「蓮川 愛先生」係
皆様のお便りをお待ちしております。

初版第一刷2018年12月5日

発行者	山田章博
発行所	株式会社大洋図書
	〒101-0065 東京都千代田区西神田3-3-9大洋ビル
	電話 03-3263-2424(代表)
	〒101-0065 東京都千代田区西神田3-3-9大洋ビル3F
	電話 03-3556-1352(編集)
イラスト	蓮川 愛
デザイン	円と球
カラー印刷	大日本印刷株式会社
本文印刷	株式会社暁印刷
製本	株式会社暁印刷

ISBN978-4-8130-1319-8

SHY NOVELS
好評発売中

岩本 薫

BL大河決定版!
シウヴァシリーズ

画・蓮川 愛

碧の王子 Prince of Silva

壮大なロマンスが始まる!!

南米の小国エストラニオの影の支配者であるシウヴァ家に仕える元軍人の鏑木は、シウヴァ家の総帥・グスタヴォから、十一年前に駆け落ちした娘のイネスを捜せと命じられる。だが、すでにイネスは亡くなっていた。失意の鏑木の前に現れたのは、イネスの息子・蓮だった！　鏑木が手を差し伸べたその瞬間、運命は動き出す――！　護り、守られる者として月日を重ねたふたりの間には強い絆が生まれ――!?

青の誘惑 Prince of Silva

擦れ違うふたりの想いは……

シウヴァ家総帥となって一年九ヶ月。十八歳になる蓮は、よき理解者で側近でもある鏑木の献身的な庇護の下、多忙な日々を送っていた。蓮にとって、鏑木は数少ない心を許せる相手であり、鏑木と過ごした十六歳の一夜を忘れられずにいた。この気持ちがなんであるのかはわからない。鏑木に自分のそばにいてほしいと願う蓮と、主従としての一線を越えないよう距離を置こうとする鏑木の間には溝ができてしまう。そんなとき、ある事件が起きて!?

ドラマCD『碧の王子』マリン・エンタテインメントより大好評発売中！

SHY NOVELS
好評発売中

岩本 薫

BL大河決定版!
シウヴァシリーズ

画・蓮川 愛

黒の騎士 Prince of Silva

嘘をついてでも鏑木が欲しい！
シウヴァ家の若き総帥・蓮が唯一望むものは、幼い頃から蓮を守り、十八歳となった今も側近として仕えてくれる鏑木だ。主と部下という立場を忘れ抱き合った翌日、緊張する蓮の前に現れた鏑木は、何事もなかったかのように振る舞い、蓮とふたりの時間を避けるようになっていた。恋人になれないことはわかっていた、でも……ふたりの関係がぎこちなくなったある日、蓮を庇って事故に遭った鏑木は記憶を失い!?

銀の謀略 Prince of Silva

求めたのはいつでも自分だった
シウヴァ家の総帥・蓮にとって、鏑木は側近であり庇護者であり、いまでは誰よりも大切な恋人だ。しかし主と側近という立場上、ふたりの関係は誰にも知られてはいけないものだった。初めての恋に舞い上がる自分とは裏腹に常に冷静な大人の恋人に蓮は苛立ちを感じ、ときに鏑木の気持ちを試すような行動をとることもあった。そんなある夜、蓮は突然鏑木から別れを告げられ!?　蓮と鏑木を狙う罠。擦れ違う想い。いくつもの思惑が交錯して──